クライブ・カッスラー
マイク・メイデン/著
伏見威蕃/訳

地獄の焼き討ち船を撃沈せよ!(下)

Clive Cussler's Hellburner

扶桑社ミステリー
1645

CLIVE CUSSLER'S HELLBURNER (Vol. 2)
by Mike Maden

Japanese translation published by arrangement with
Peter Lampack Agency, Inc.
350 Fifth Avenue, Suite 5300, New York, NY 10118 USA
through Tuttle-Mori Agency, Inc., Tokyo

地獄の焼き討ち船を撃沈せよ!(下)

登場人物

ファン・カブリーヨ――――〈コーポレーション〉会長。オレゴン号船長
マックス・ハンリー――――〈コーポレーション〉社長。オレゴン号機関長
リンダ・ロス――――〈コーポレーション〉副社長。オレゴン号作戦部長
エディー・セン――――オレゴン号陸上作戦部長
エリック・ストーン――――同航海長兼操舵手
フランクリン・リンカーン――同特殊部隊チーム指揮官
ハリ・カシム――――同通信長
マーク・マーフィー――――同砲雷長
ジュリア・ハックスリー――――同医務長
ゴメス・アダムズ――――同パイロット
マクド・ローレス
レイヴン・マロイ――――同乗組員
ダヴィド・ハコビアン――――アルメニア人。〈パイプライン〉創設者
ソクラティス・カトラキス――――ギリシャ人。〈パイプライン〉創設者
アレクサンドロス・カトラキス――ソクラティスの息子。海運商
ウーゴ・エレーラ――――メキシコの麻薬王
ビクトル・エレーラ――――ウーゴの息子
ラド・サスエタ――――殺し屋
セドヴェト・バユール――――トルコの軍人
メリハ・オズテュルク――――トルコ人ジャーナリスト
ラングストン・オーヴァーホルト―CIA幹部

40

銃身クリーニング液〈ホップズNo・9〉の甘いにおいがあたりに漂っていたので、カブリーヨは笑みを浮かべた。

オレゴン号の武器庫は、船内でもっとも広くて装飾が整っているわけではないが、カブリーヨが好きな場所のひとつだった。武器庫は、機械工場、機関室、ムーンプールとおなじように最下甲板《かんぱん》にあり、オレゴン号の小火器と弾薬のほとんどが保管されていた。唯一の目立つ例外は、カブリーヨの私蔵品の機関銃、ライフル、拳銃《けんじゅう》だった。金庫には、作戦中の支払いに充てる数十万ドル相当の外貨、金、ダイヤモンドもしまってある。カブリーヨはそれらを自分のオフィスで十九世紀の列車用金庫に保管している。

熱心な銃器愛好家のカブリーヨは、口実を見つけてはここまでおりてくる。となりに防音の射場もあり、そこでほとんど毎日、射撃の練習に励んでいる。だが、今回は気晴らしのために来たのではなかった。

任務でへとへとに疲れ、リンクのことが心配でたまらなかったが、カブリーヨはベッドに潜り込む前に、レイヴンが秘密航空基地から持ち出したAK‐47の調査結果を聞くつもりだった。AK‐47の出どころがわかれば、パイプラインの鎖のつぎの環《わ》がわかるかもしれない。

オレゴン号の火器主任のマイク・ラヴィンが、革のエプロンをつけ、宝石職人が使うヘッドルーペを額《ひたい》に押しあげて、作業台の前に立っていた。レイヴンが持ってきたAK‐47が完全に分解され、腐食防腐剤を拭《ぬぐ》い取った部品がきちんとならべてあった。

「なにがわかった、マイキー？」カブリーヨはきいた。

ラヴィンが笑みを浮かべた。親指と人差し指でつまんだ金属の塊《かたまり》を、持ちあげてみせた。

「フロント・トラニオン（機関部に銃身を固定する金属部品）」カブリーヨはいった。「AKの魂の真髄だ」

「プレス加工ではなく鍛鉄《たんてつ》だとわかりますよね」レヴィンが、重さを計るように掌《てのひら》に載せてふった。「それに、高品質です。ここを見てください」

レヴィンはトラニオンを置いて、テーブル用拡大鏡のアームを動かし、カブリーヨのほうに近づけた。トラニオンの印を、指先がなくなっている人差し指で示した。

「番号が見えるでしょう？　二重丸に囲まれた21が」

「ああ」

「それはカザンラクのＮＩＴＩ社の工場の印です」

「ブルガリアか？」

「ええ。ＡＫの世界では一級品です。ほとんどは軍の注文です」

　ブルガリアにつながりがあるとは意外だとカブリーヨは思った。パイプラインのつぎの鎖の環は、アルバニアで探すことになるだろうと思っていた。近年、元共産主義国はヨーロッパのコロンビア——麻薬国——になっている。巨額の金で政治家や敵を買収できないときには、アルバニアのマフィアは暴力に訴える。彼らはヨーロッパ、中東、中南米にまで手をひろげている。

「では、アルバニアではないのか？」

　拡大鏡で大きく見えるラヴィンの目が、いたずらっぽく瞬いた。

「アルバニアは、安物の中国製ＡＫを組み立てています——56式と呼ばれるやつですよ。56式のトラニオンは鍛造ではなくプレス加工です。ほんとうに戦闘に耐える銃がほしければ、このブルガリア製の美品のようなものを手に入れようとするでしょうね」

「では、相手はブルガリアの犯罪組織か」

「早まらないでください。アルバニアのマフィアがブルガリア製のＡＫを好むことを、わたしはたまたま知っているんです」

「どうしてそんな難解な雑学に詳しいんだ？」

「去年、インターポールがおおやけにしたんです。アルバニアのニシャニ一族が、その地域で銃の密売を牛耳《ぎゅうじ》っています」

カブリーヨは、ラヴィンの肩を叩《たた》いた。そういう手がかりを探していたのだ。メリハに会ったら確認しようと思った。

「お手柄だ、マイク」

「だからいっぱい報酬をくれるんでしょうね」

「きみは、それにじゅうぶん見合う働きをしている」

カブリーヨは、頭の奥のカチリという音を聞いた。モラーマイク通信装置を、まだはずしていなかった。カブリーヨは、口のなかにあるワイヤレスマイクのボタンを押した。

「カブリーヨだ」

カブリーヨが通信を開始したことを知って、ラヴィンがうなずいた。ラヴィンはブルガリア製のＡＫの調査を再開し、カブリーヨはエレベーターに向かった。

「メリハのこと、最新状況を伝えようと思って」ジュリアがいった。「抗生剤を注射して、抗生物質の錠剤も渡した。ひどい黴菌《ばいきん》にさらされていたから」

「怪我は？」

「打ち身と掻《か》き傷がすこし。レントゲンを撮って、折れた骨や内出血はないとわかった。婦人科系の検査を勧めたけれど、性的暴行は受けていないとメリハは断言した」

「信じるのか？　それが当たり前の地域にいたのに」

「ほんとうのことをいっていると、直感でわかる」

「メリハが銃弾をよけられてよかった。いまどこにいる？」

「わたしの船室に連れていって、熱いシャワーを浴びさせてから、客用寝室のベッドに寝かせた。かわいそうに、たちまち眠り込んだ。眠らせてあげないといけない」

「きみの部屋を使わせてあげたのは、親切だったね」

「よろこんでそうしたの。とても楽しいひとだし、勇気がある。メリハについて詳しい話を、あしたにでも聞かせて」ジュリアが、おおきなあくびをした。「ごめんなさい。わたしもすこし眠らないといけない」

「シャワーと休息は、いまのわたしにもありがたいね。メリハの世話をしてくれてありがとう。追跡装置は？」

「なかった。だいじょうぶよ」

「すこし休んでくれ、ハックス。ずいぶん働いたから」

「あなたもね、会長。リンクはここの医師に付き添わせるわ。目が醒《さ》めたらすぐに教えます。ナポリの海軍病院まで運ぶよう、ゴメスに頼んであるの。そこからボルティモアに搬送する手はずも整えた」

「了解した」

リンクは優秀な医師の手に委《ゆだ》ねられる。カブリーヨは通信を切ってから、カバなみの大きなあくびをした。

熱いシャワーを浴びて、長めの仮眠をとるようにというのが、医師の命令だった。そのとおりにしよう。


カブリーヨは、自分の船室で、グリーンの大理石のタイルを敷き詰めた広いシャワー内のチークウッドのベンチに腰かけた。八つのマルチヘッドジェットから湯気をたててほとばしる熱い湯が、体から疲れを叩き出した。

全身の無数の傷痕《きずあと》が、熱せられて赤くなった。そのひとつひとつが、長年のあいだに勝ったり負けたりした戦いすべてのGPS座標のようなものだった。中国海軍の駆逐艦に何年も前に吹っ飛ばされた脚の切断面が腫《は》れて、水ぶくれができているのが、もっとも派手な傷痕だった。戦闘用義肢《ぎし》はシャワーの隅でソープディスペンサーのそばに置いてある。片脚で跳ねるのは厄介《やっかい》なので、はずしたのは、湯が流れはじめてからだった。

だが、いまははずしてある。切断面のずきずきする痛みは、真夜中に目が醒めて睡眠不足になる原因の幻肢痛《げんしつう》とはちがう。それはほんものの痛みなので、しばらくそれから解放されたいと思った。バレエをやっているように棒につかまって片脚でシャワーを浴びたことは何度もあるが、いまは疲れ切っていたので、そうする気にならなかった。ベンチに座れるので、ほっとしていた。

カブリーヨは、シャワーの湯気を胸いっぱいに吸い、熱気が体の内側と外側で魔法のような効果を発揮した。神経質な力が流れ出し、こわばった筋肉がほぐれ、皮膚の上に固まっていた潮気が洗い流され、渦を巻いて排水口から落ちていった。ようやくゆったりした気持ちになった。

カブリーヨは目を閉じて、シャワーの小さな水滴が元気なマッサージ師の小さな指先のように顔をなぞるのを感じた。冷たいタイルにもたれ、肩の力を抜いた。ここで居眠りするのも悪くないかもしれない。うとうとしそうになった……。

だが、警報が鳴り響き、カブリーヨはぱっと目を醒ました。

戦闘配置！

41

カブリーヨは、戦闘用義肢をつけた足をひきずるようにして、作戦指令室《オプ・センター》に駆け込んだ。ジム用の半ズボンをはき、濡《ぬ》れたカリフォルニア工科大学《カルテック》のTシャツが胸にへばりつき、濡れた髪から水がポタポタ垂れていた。

「会長が指揮」リンダ・ロスが叫んだ。ナンバー3としてカブリーヨに信頼されているのは知っていたが、戦闘中にはつねにカブリーヨが指揮をとる。どんなときでも。

リンダがうなずいて席をゆずり、カブリーヨは〝カーク船長の椅子《いす》〟にドサッと座った。数段に分かれて半円形に並んでいるタッチパネル式ワークステーション、なめらかな形の現代的な仕上げ、LED照明が、オプ・センターをテレビドラマの名高い宇宙船エンタープライズ号の船橋《ブリッジ》のように見せていた。それに、乗組員がOTISと呼んでいる自動制御システムのおかげで、カーク船長の椅子に座れば、だれでもひとりで船全体——機関室から砲雷ステーションに至るまで——を制御できる。

カブリーヨは、巨大な三六〇度高解像度ラップアラウンド・ディスプレイに映っている接近中のフリゲートの画像を睨《にら》みつけた。その隔壁《かくへき》の大きさのモニターによって、何層も上にあるオレゴン号の偽物のブリッジにいるような錯覚を起こす。欠けているのは潮の香りの風と、肌に当たる温かい陽光だけだ。

リンダが、フリゲートを顔で示した。「二分前まではあたしたちと平行に航行してた。二分前に針路を変えたから、戦闘配置を命じたの」

「いい判断だ」

カブリーヨは、大型モニター上で赤く明滅している自動化データウィンドウに視線を走らせた。コンピューターは、膨大なデータベースによってそのフリゲートを識別し、兵装と戦闘能力まで表示していた。

トルコ海軍のフリゲート〈クズルル〉は距離一万ヤードにいて、急接近していた。ナイフのような鋭角の艦首が、最大速力の二八ノットで、水面を切り裂いている。〈クズルル〉は、恐るべき七六ミリ両用砲、ハープーン対艦ミサイル八基、魚雷多数を搭載している。全長はオレゴン号の四分の三だが、オレゴン号を海から吹っ飛ばすことが可能だし、あらゆる面からみて、そういう意図のようだった。

どうしてトルコの軍艦に識別されたのかという問題は、あとで考えるしかない。いまは〈クズルル〉のつぎの動きのほうが心配だった。

カブリーヨは、数年前にオレゴン号を砲撃したリビア海軍のフリゲートのことを一瞬、思い浮かべた。二隻《せき》は片舷斉射を放つ三本マストの戦列艦のように接近して撃ち合った。大損害を受けて沈没しかねない恐ろしい遭遇戦だった。できれば二度とくりかえしたくなかった。だが、猛進しているトルコ艦は、選択肢をあまりあたえてくれないだろうと思った。

そのとき、ジュリア・ハックスリーが、メリハといっしょにオプ・センターにはいってきた。ふたりとも心配そうな顔をしていた。

「見学にはタイミングが悪い」カブリーヨはいった。

「メリハは、なにが起きているか知りたいのよ」ジュリアはいった。「わたしもおなじ」

隔壁の巨大なモニターを見たメリハが、目を皿のように丸くした。ハイテクのオプ・センターと、歯を剥《む》き出して吼《ほ》えているハイエナのように迫ってくるトルコ軍艦の画像のどちらに圧倒されたのか、カブリーヨにはわからなかった。

通信ステーションに座っていたハリ・カシムが、カブリーヨのほうを向いた。「〈クズル〉から通信です」

「スピーカーにつないでくれ」

「商船〈ヴェストゥラ〉、こちらはトルコ共和国艦艇《TCG》〈クズル〉のコイェバチュ艦長。

踟躕《ちちゅう》（機関を適宜に利用し、おなじ位置にとどまること）し、乗り込みと臨検に備えよ」

　信じがたい厚かましさだと、カブリーヨは思った。コイェバチュは、カブリーヨの作戦手順をそっくりそのまままねている。スリナム沖でオレゴン号がトロール漁船に対して行なったのとまるでおなじだ。

「コイェバチュ艦長、こちらは〈ヴェストゥラ〉の船長だ。われわれは国際水域にいて、イラン商船旗を掲げている。貴君はわたしの船に対しなんの権限もなく、乗り込んで臨検する権利はない」

「ただちに踟躕し、臨検に応じなかったら、攻撃する」

「それは大きな過ちになるぞ、コイェバチュ艦長。どういう理由で、わたしの船を臨検するのか？」

「おまえたちはトルコ市民メリハ・オズテュルクを、本人の意思に反して人質にとっている」

　メリハとカブリーヨは、一瞬、目を合わせた。ひとことも発せられなかったし、いうまでもなかった。カブリーヨの顔の決意が、すべてを語っていた。

　そうはさせない。

「ミズ・オズテュルクは、人質ではない。自分が選んだ目的地まで、安全に無料で乗せてくれないかと提案されただけだ」

「では、彼女の安全と状態を確認できるように、臨検に応じればいい」

「わたしは人質にとられていない！」メリハが叫んだ。

「それなら、きみの安全を確認できるように臨検に応じろと、船長にいえばいい」

「それは不可能だ、コイェバチュ艦長」カブリーヨはいった。「子供みたいに一生のお願いだといったところで」

コイェバチュは、その侮辱を聞かなかったふりをした。「われわれがミズ・オズテュルクをトルコの家族のもとへ送り届けられるように、ただちに臨検に応じなかったら、とんでもない目に遭うことになる」

マーフィーのコンソールで、警告灯が光った。

「会長、ハープーン一基のレーダーが、われわれにロックオンしました」

リンダが、カブリーヨに鋭い目を向けた。ハープーンはアメリカ製の対艦ミサイルで、オレゴン号と乗組員を海の底に沈めることができる。

「自動化防御作動」カブリーヨはいった。

「アイ」マーフィーが答えた。

現代の対水上戦は超音速で行なわれ、あまりにも速いので、人間の反応では間に合わない。カシュタンの目標指定システムをコンピューター制御にしておけば、対空ミサイルと回転式発射機が、ハープーンの脅威に瞬時に反応できる。

ひとつの疑問が、警告灯のようにカブリーヨの頭のなかで閃《ひらめ》いた。カシュタンの目標指定コンピューターは、アメリカ製のハープーンよりも賢いだろうか？

その答はまもなくわかる。

計算するあいだ、カブリーヨの目が鋭さを増した。〈クズル〉は最大速力の二八ノットで航走している。オレゴン号はその倍以上の速力が出せる。

操舵《そうだ》ステーションに座っていたエリック・ストーンが、カブリーヨの考えを読み、うしろを向いた。

「逃げきれますよ。敵艦はぜったいに追いつけない」

「追いつく必要はない。ハープーンは、時速八六四キロメートルで飛ぶ。この距離だと、三六秒でわれわれを破壊する」

「ハープーン発射」マーフィーが叫び、隔壁のモニターの一台で発射警告が閃いた。

メリハが息を呑《の》んだ。

赤、黄、グリーンの自動制御照準環が、大きなスクリーンに表示された。それぞれが異なる防御システムを表わしている。ハープーンが発射機を離れると同時に、水面近くを飛翔するそのミサイルを防御システムが探知して追跡を開始した。

エリック・ストーンは、カブリーヨの命令を待った。襲来するミサイルの弾頭とオレゴン号の距離をただちにひろげたいにちがいないと、エリックは思った。遠隔操作のスロットルレバーの上で、エリックの手が揺れ動いた。

「操舵《ヘルム》、〈クズル〉のほうへ転舵」

「えっ？」

「〈クズル〉に向けて直進しろ」

42

エリックが、操舵スティックとスロットルレバーを同時に操作した。

ポンプジェットが作動すると同時に、オレゴン号の推力偏向駆動《ヴェクタードスラスト》チューブがぐるりとまわった。

全長一八〇メートルのオレゴン号が、その場で回頭し、短距離走者がスターティングブロックから跳び出すように、数秒で最大速力に達した。固定されていなかった物と人間が、隔壁に叩きつけられるか、甲板に落ちた。

オレゴン号のポンプジェットは、スイッチを入れるとぱっと灯《とも》る電球とおなじだった。前進全速の信号を受信した瞬間に、最大推力を発揮した――それもオレゴン号の画期的な磁気流体力学《MHD》推進システムの厖大《ぼうだい》な利点だった。最大速力で突進する巨大な貨物船のV字形単船体が、複数のT形翼と小型翼によって安定を維持し、濃紺の海を切り裂いた。

二隻とも最大速力を発揮すると、接近速度は時速一五〇キロメートルを超えた。

「新しいおもちゃに、いまも自信があるんだろう、砲雷《ウェップス》？」カブリーヨはマーフィーにきいた。

マーフィーが生唾《なまつば》を飲んだ。「まだ実験段階です」

「これ以上いい実験はないんじゃないか？」

最高兵器責任者のマーフィーは、目の前の制御盤を見た。「弾着まで三十秒」

メインスクリーンでは、ハープーン・ミサイルが、突進してくる流星のように見え
ていた。一秒ごとにそれが大きくなる。

「〈クズル〉はなおも急接近中」エリックがいった。

「わかった」カブリーヨは、二隻を追跡している横のモニターをじっと見て、速力、
距離、トルコ艦との衝突までの時間を確認した。

ぎりぎりの瞬間にやるつもりだった。

リビアに向かうあいだにマーフィーがやった国防高等研究計画局《DARPA》の新兵器の実証実
験は、めざましい結果だった。だが、それだけのことだ――無害な無人機を標的に、
二度試射しただけだった。

ほんものの軍艦が相手だと、どうなるだろうか？

その兵器が有効なのは、彼我《ひが》の距離が四海里以下の場合だけだ。

まさにぎりぎりの瞬間になる。

それに、トルコ海軍のフリゲートに近づけば近づくほど、敵の兵器の破壊力は大きくなる。

二分の一秒後、オレゴン号のカシュタンが不意にミサイル二基を発射した。

「弾着まで五・五秒」マーフィーがいった。

「きみの精確さには感服している」カブリーヨはいった。

最大速度で飛翔するミサイル二基が、スクリーンの上のほうに現われ、ハープーンに重なって小さくなりつつあるグリーンの四角い照準目盛りに向けて突進した。二基の咆哮《ほうこう》するロケットエンジンが、燃えている綿糸の束のような白煙をたなびかせていた。

アドレナリンに浸っていたカブリーヨの脳には、一秒が一時間のように感じられた。ミサイル二基が、一秒の何分の一かの間隔《ま》を置いて爆発した。重さ九キログラムの弾頭が、鋼鉄の破片を撒き散らし、直径約五メートルの幕をこしらえた。ハープーンが最初の幕に激突して、たちまち破壊された。

オプ・センターに歓声が沸き起こった。

「ハープーン一基撃墜」リンダがいった。

だが、フリゲートがさらに二基のハープーンを発射し、歓声は熄《や》んだ。

「砲雷《ウエップス》、おもちゃの準備をしろ。わたしの合図でやれ」

自動化されているカシュタンが、さらに二基のミサイルを襲来するハープーン二基に向けて発射した。敵のミサイル二基が撃ち落とされることを願って、ほとんど全員の目が追跡モニターに釘付《くぎづ》けになった。

だが、カブリーヨは〈クズル〉をじっと観察していた。

カシュタンが発射したミサイルの一基目が爆発し、最初のハープーンを撃ち落としたが、二基目は爆発せず、残り一基のハープーンが、甲高《かんだか》い爆音とともにオレゴン号に迫った。

「ハープーン弾着まで十八秒」

「がんばれ。砲雷《ウエップス》、レーザー準備」

「レーザー準備、会長」

「アイ、会長」

どんどん接近するハープーンを追跡していたカメラが、流星のようなミサイルをズームした。全員が固唾《かたず》を呑んだ。

六秒後、カシュタンの連装機関砲が射撃を開始し、弾幕をこしらえた。六銃身の機関砲二門が鋼板に削岩機《さくがんき》を当てたように咆哮し、オプ・センターまで振動が伝わってきた。

ハープーンは、オレゴン号の一海里ほど手前で粉砕され、破片の雲がひろがった。

歓声が沸き起こる前に、カブリーヨは命じた。「こんどは衝撃波砲だ、砲雷《ウエップス》」

マーフィーがボタンをひとつ押した。四基あるデリックのうち一基のてっぺんで、DARPAが設計したマイクロ波を使う衝撃波砲が射撃を開始した。カシュタンとはちがって、衝撃波砲はほとんど音をたてない。電力はすべてオレゴン号の複数の機関から供給されている。数秒以内にそれが〈クズル〉に電磁衝撃波を浴びせ、保護されていない電気回路すべてと艦載のコンピューターの半導体が焼き切れた。

「砲雷《ウエップス》、通信アンテナにレーザーを照射しろ」

マーフィーが、落ち着いてレーザーの制御装置に切り換えた。電気が使えなくなったフリゲートの速力が落ちたところで、ボタンを押し、レーザーでアンテナを焼いた。

「ストーニー、一八〇度方向転換――煙幕を張れ」

エリックが、口が裂けそうなにやにや笑いを浮かべた。「アイ、会長」

先ほどとおなじようにエリックが操舵スティックを動かし、オレゴン号が瞬時に竜骨を基点にくるりと向きを変えた。常軌を逸した高速急回頭の遠心力のせいで、船体がきしみ、うめいた。エリックは、この機動で修理中の下甲板の損害が悪化しないことを願った。

オレゴン号は、憤怒《ふんぬ》しているトルコ艦に扇形船尾を向けて、たなびく煙を吐き出しはじめた。電磁波《EMP》攻撃に耐えた電子機器や光学機器で監視されている場合にそなえ、煙幕には微細な金属の粒子が含まれている。

ピンボールの達人のようなカブリーヨの急襲は、トルコ人の負傷者を最低限にしつつ、〈クズル〉の耳と目と口を使えないようにすることを目指していた。それに成功したと、直感でわかっていた。

カブリーヨは、カーク船長の椅子にゆったりと座り、安堵《あんど》の溜息《ためいき》を洩《も》らした。この戦略によって、つぎにどこを目指すのか、どんな危険が待ち受けている可能性があるのかを、自分と乗組員が考えるのにじゅうぶんな時間と空間が得られたと、確信していた。カブリーヨは、メリハのほうをちらりと見た。

メリハが、グリーンの目でカブリーヨを見据えていた。口の端に笑みが現われた。ありがとうと口の形でメリハが伝え、ジュリアのあとから船室に戻っていった。

43

聖なる島

　修道士の私室で冷たい石の床に素足で立っていたソクラティスは、まるで毒蛇でもつかんでいるように、暗号化された携帯電話を、風雨にさらされてしなびた手で握りしめた。ソクラティスは携帯電話を毛嫌いし、恐れ、便利だから使っているだけだった。毛嫌いしているのは、生来から政府の盗聴に被害妄想を抱いているからだった。恐れているのは、耳に当てて通話しているときに、癌《がん》を引き起こす放射線を携帯電話が脳に向けて照射していると信じていたからだった。

　だが、いまは耳にしている報せよりも、ステージⅣの脳腫瘍《のうしゅよう》のほうがましだと思っていた。

　電話をかけてきた相手——灰色狼《おおかみ》の最上級工作員——が報告するあいだ、老修道士のような見かけのソクラティスは、もじゃもじゃの白い顎鬚《あごひげ》をしごいた。リビアの秘密航空基地が襲撃され、エレーラが送ってきたメタンフェタミンが焼却され、トルコ人ジャーナリストが逃げ、トルコ海軍のフリゲートが彼女を奪い返すのに失敗したという。

ソクラティスはトルコ人を憎んでいたが、灰色狼の上層部にいる伝手《つて》を密輸品の販路で使っていた。ビジネスはまた別物だし、トルコはいまもヨーロッパとアジアの両方の重要な足がかりなのだ。

灰色狼の幹部の口から出る言葉のひとつひとつが、ふいごから風を送るように、ソクラティスの眼光鋭いグリーンの目から放たれる怒りの炎を燃えあがらせた。

「どうしていまごろ、こういうことを聞かされているんだ？」ソクラティスはきいた。

「数時間前に〈クズル〉の通信システムが完全に使用不能になり、いまやっと回復したところなのです」

「どうしてそんなことが起きた？」

「未詳の電磁パルス《EMP》兵器のたぐいが使われたのではないかと、〈クズル〉の艦長は考えています」

「それで、この謎《なぞ》の船は？　〈ヴェストゥラ〉だったか？　いまどこにいる？」

「わかっていません」

「その船についての情報は？　アメリカか、それともイギリスか？」

「わかっていません」

「ジャーナリストを奪った傭兵《ようへい》は？　そいつらについては？」

「少人数で、きわめて有能で、先進的なテクノロジーを備えています」

「火星の緑人間だとでもいうようないいかただな。国籍は？」

「戦術装備を身につけた大男のアフリカ人が目撃されています。おそらくアフリカ系アメリカ人でしょう。しかし、アメリカ軍の兵士なのか、それとも元兵士なのか、わかっていません」

「傭兵にちがいない」ソクラティスはいった。ソクラティスやパイプラインに対してアメリカ軍が行動を起こすときに知らせることだけを目的とする情報源が、アメリカのインテリジェンス・コミュニティに何人かいる。

「オズテュルクは、パイプラインについてなにをつかんでいる？」

「バユールによれば、ほとんどなにもつかんでいないようです」

「それで、おまえはこのバユールという配下を信じているのか？」

「今回の失敗までは、まあ信じていました」

「バユールはどこにいる？　話が聞きたい」

「最後にわたしが話をしたあと、連絡がありません。〈ヴェストゥラ〉を識別し、オズテュルクが乗っていることを報告したのは、バユールでした」

ソクラティスにとって、不安を催す報せだった。メリハ・オズテュルクのトルコと中東での最近の仕事について情報源が報告し、〝恐れを知らず情け容赦がない〟レポーターで人権運動家だと述べていた。父親とおなじように、トルコに民主主義をもたらすことを政治目標に掲げている。それに、ソクラティスの組織が必死で捜していたにもかかわらず、これまでずっと拉致《らち》をまぬがれていた。

そういったことすべてが気がかりだった。釘が一本足りないために、蹄鉄《ていてつ》が失われ……(馬、伝騎、伝達が失われ、戦いに負け、最後には王国が失われる、とつづく諺)。

「パイプラインの業務に、これはどう影響するでしょうか?」灰色狼の幹部がきいた。

「オズテュルクに逃げられる前に、自分にそう問いかけるべきだったな」

「しかし、わたしは――」

ソクラティスは、近くの壁に携帯電話を投げつけたい衝動と闘いながら、電話を切った。その代わりに、寝棚の薄っぺらなマットレスの上に携帯電話をほうった。

ソクラティスは、この傭兵部隊とオズテュルクによって組織が大損害を受けたことに怒り狂いながら、石を素足でぺたぺた踏んで、氷のように冷たい床を歩きまわった。今後、その連中がふたたびどれだけ被害をもたらすか、という問題が残っていた。

メタンフェタミンを焼却されたことは、財務上、かなりひどい損失だったが、取り返しがつかないほどではない。ハコビアンがまもなく死に、そちらの利益の分ですぐさま欠損を補える。旧友のハコビアンを殺すという決定が賢明だったことが、早くも立証されつつある。

金よりもずっと差し迫った問題がいくつもある。組織の末端の連中が心配するようなことを、このオズテュルクが知っていると想定しなければならない。だから彼らは追跡して捕らえようとしたのだ。しかし、パイプラインの組織全体を掃滅するのにじゅうぶんな情報をオズテュルクが握っていたとしたら、政府や官憲がとっくに追及をはじめているはずだ――だが、まだそういう気配はない。

ソクラティスにとってもっとも気がかりなのは、オズテュルクを支援している傭兵部隊だった。オズテュルクにはそんな火力と専門的技倆《ぎりょう》を有する傭兵を雇える金はない。では、だれが資金を出しているのか？　そいつらはなにをもくろんでいるのか？

高齢のギリシャ人のソクラティスは、長い鼻から溜息を吐き出した。オズテュルクがなにを知っているにせよ《よし》、パイプラインに関係していることだけだろう。カニオン計画については知る由もないだろうし、いまはそれが最優先事項なのだ。だが、カニオンによって得られると予想されている莫大《ばくだい》な富は、パイプラインを介して流れることになる。

オズテュルクを見つけなければならない。

オズテュルクがパイプラインの源のリビアへ行ったのは、パイプラインについて重要な情報を知ったからだ。さらなる情報を知ったら、つぎの接続点へ行くにちがいない。

ソクラティスは、携帯電話を取り、あちこちに電話をかけはじめた。まずアルバニア人にかけた。オズテュルクと有能な友人たちが、そこのどこかに現われた場合に、温かい歓迎を受けるようにするためだった。オズテュルクを生け捕りにして、あとの連中は殺せ。できれば穏便《おんびん》にやれ、というのがソクラティスの唯一の指示だった。そいつらは危険だと、注意した。

アルバニア人が笑った。「そいつらのほうが、おれたちのことを心配すべきだ」

ソクラティスは、ほかにも何本か電話をかけた。パイプラインの人脈に同様の警告を伝えてから、ようやく電話を切った。あらかじめ警告し、配下が威勢のいい返事をしたにもかかわらず、この傭兵たちが打ち勝つかもしれないという思いをふり払うことができなかった。

一族を護るのにも役立つように、自分たちの戦力の優位を利用する方法があると、ソクラティスは気づいた。

オズテュルクに一歩先んじられているようなのが、気になっていた。彼女を捕らえるか、そうでなければ殺さなければならない。だが、傭兵部隊が彼女のそばにいるから、容易ではない。

ソクラティスは、顎鬚をしごいた。

ひょっとして、オズテュルクを見つけ出す方法があるかもしれない。

ソクラティスの毛むくじゃらの耳がヘリコプターのブレードの連打音を捉《とら》え、思考がとぎれた。ソクラティスは、素朴な木の棚に置いてある古いマントルクロックの時針を見た。そろそろ息子のアレクサンドロスが待っている造船所へ行く時間だ。

出かける前に、修道院の警備を確認し、毎週の告解をやるのを山の下の礼拝堂で辛抱強く待っているおせっかいな修道院長の相手をしなければならない。

ソクラティスはくすりと笑った。きょうはあらいざらい告解して、まもなく起きる残虐な出来事を説明して、銀貨三十枚で大の親友を裏切ったユダとおなじことを、もっと大金のために自分がやると話してみよう。

院長の生気のない笑顔が恐怖の仮面に変わるのを思い浮かべて、ソクラティスは笑みを浮かべた。

まもなくくりひろげられる出来事への期待で、ソクラティスの胸は高鳴った。喜悦ではちきれそうになって、部屋のドアに向けてすたすたと歩いていった。

カニオンが完全に稼働している。

そして、何事もそれを阻止できない。

44

オレゴン号は戦闘艦だが、特別な待遇も数多くあり、そのひとつが乗組員向けの五つ星の宿泊施設だった。それぞれの専用船室を個人の好みに合わせて装飾し、調度類をそろえるために、気前よく予算を使えるようになっている。カブリーヨはそれを、家や家族や友人たちから何カ月も離れて過ごす乗組員に対する重要な投資だと見なしていた。彼らが払っている犠牲を埋め合わせるために、できるだけ楽しく、快適に過ごしてもらいたかった。

オレゴン号の修理を完了するために、ガヴドス島の沖で投錨《とうびょう》するようにと、カブリーヨはエリックに命じた。ヨーロッパ最南端にあるこの島は、常住の島民が百人に満たず、おもな航路からも離れている。再度捕捉《ほそく》されることがないように、オレゴン号は大きい円を描いて〈クズル〉から遠ざかった。万一、トルコ艦に追跡されたとしても、ギリシャ領海にいることが追加の防御手段になる。

マックスといっしょに船内を検査するまで時間を潰《つぶ》すために、カブリーヨはワーハト・アルバフルにいたときに頭の内部で起きた現象について、マーフィーに技術的な質問をすることにした。カブリーヨはマーフィーの船室へ行き、温かく歓迎された。マーフィーは、お気に入りのバンドのひとつ、バッド・アボカドの黒いTシャツを着ていた。バンド名のごとく、腐ったアボカドのロゴだった。マーフィーは、好きな映画『マトリックス』に登場するホヴァークラフト〈ネブカドネザル〉のブリッジの複製に、カブリーヨを案内した。ふたりが立っていたところは、金属製らしく、青いLEDの薄暗い照明に照らされていた。床も鋼鉄の細かい格子だった。テクノロジーおたくのマーフィーの船室は、映画のセットにそっくりだったが、それほど窮屈《きゅうくつ》ではなかった。それに、マーフィーのテクノロジーは、一九九〇年代のプロダクションデザイナーには想像もできなかったくらい先進的だった。そこはエナジードリンクの空き缶とビーフジャーキーの包装紙で散らかっていた。

　カブリーヨが数えただけでも、十数台の4Kモニターがあちこちにあった。なだれ落ちる滝のようなマトリックスプログラミング言語が表示されていないモニターすべてに、マーフィーの好きなオンラインビデオゲームが映っていた。任務中ではないときに、マーフィーはチェスの名人が公園でアマチュアのテーブルをまわって勝負を指導するような感じで、同時に複数のゲームをやる。

　マーフィーは、二十代にマサチューセッツ工科大学《MIT》で修得したものも含めていくつもの博士号を持ち、オレゴン号ではもっともIQが高い。しかし、それほど頭がよくても、ティーンエイジャーのころに感情面で行き詰まり、人間関係に失敗することも多かった。

「わざわざ来てくれるなんて、どんな用事ですか、会長?」

カブリーヨは、頭のなかから神の声が聞こえたときのことを説明した。

「どういう種類のテクノロジーなんだ?」

「ヴォイス・トゥー・スカル、略してV2Kっていうやつです。心理電子兵器です。アメリカがテロとの戦いで、それの変種をいろいろ使用しました」

「効果は?」

「ターバンを巻いてサンダルをはいた悪党どもは、AKの扱いはうまいが、ものすごく迷信深い。DARPAの仕事をしたときに、そのテクノロジーをすこしいじくりました。おもしろい仕事だったけど、そういうマインドコントロールよりも、物理的に強力な兵器のほうが好きです」

「トルコはそれを手に入れたようだ。あるいはトルコの一部の人間が」カブリーヨがいうのは、セドヴェト・バユールのことだった。

マーフィーが、近くの指揮席――歯科医院にある椅子のサイバーパンク版――にさっと座って、考えながら薄い顎鬚を掻いた。

「トルコが心理兵器を研究してたのを示すデータは見てません。ロシアか中国から既製品を買ったのかもしれない。いや、もしかするとアメリカから。でも、トルコの兵器開発は、ここ数年、急激に増大してます。だから、自力で開発したとしても意外ではないです」

「それから自分を護る方法は？」

「だいたい、頭のなかで声が聞こえるのは好きなんです」

カブリーヨは、怪訝《けげん》な顔で眉《まゆ》をあげた。

「それはパンクロックの歌詞か、映画の台詞《せりふ》だろう」

マーフィーが赤面した。「両方です。すみません」

「それで？」

「最善の防御は、送信機を破壊することです」

「それなら、きみがカシュタンで粉々に吹っ飛ばした」悪い冗談をいったのを許すという意味で、カブリーヨはいった。

マーフィーの顔がぱっと明るくなった。

「ああ、そうだった」

「目潰し装置《ダズラー》・テクノロジーについて、わたしに教えられることは？」

「われわれの軍が中威力テクノロジーと呼んでるやつです――ＤＡＲＰＡで実験して

いる非致死性兵器のたぐいです。敵を一時的に妨害したり、目をくらませたりする発光器には、ありとあらゆる種類があります」マーフィーが下を向いた。「とにかく理論上は」

「リンクのことが心配なんだな」

「強力なレーザーで——中国が過去に使ったようなやつで——照射されたら、治らないでしょう」

「リンクは地球上でもっともすぐれた眼科病院へ搬送されている」

「視神経を焼かれたら、手のほどこしようがありませんよ」

「ダズラーのテクノロジーを、もうすこし調べてもらえないか？　医師たちに役立つような解決策が見つかるかもしれない」

マーフィーが座り直した。「ええ。リンクのためならなんでもやります」

「リンクのためだけじゃない。またダズラー・ドローンに遭遇したら、乗組員すべてが危険にさらされる」

マーフィーの顔が暗くなった。「だったら、撃ち落としつづけるしかない。それなら任せてください」

カブリーヨはうなずいた。マーフィーは軍隊を経験していないが、砲雷ステーションを駆使して、凄腕《すごうで》の戦闘乗組員であることを実証している。

「任せるよ、マーフ。頼りにしている」

45

エジプト、スエズ運河

アルキタス・カトラキスは、名高い運河を北へ進んでいる貨物船――以前の船名は〈マウンテン・スター〉――の右舷張り出し甲板に立っていた。一日のうちでいちばん好きな時間だった。クリームをたっぷり注ぎ、砂糖をしこたま入れた熱いアメリカンコーヒーを飲みながら、早朝のひんやりする空気が顔に当たるのを味わっていた。アルキタスは、朝陽が砂を薄紅色に染めているのを眺め、遠くに独りで立ってライフルを肩からだらしなく吊《つ》っている歩哨《ほしょう》に目を凝らした。

下甲板で大型ディーゼル機関が安定した打音を発し、アルキタスの船を推し進めていた。その船は、船団を組んで北上する大型の商船と海軍艦十二隻に加わっていた。スエズ運河では、毎日、午前六時に通航が開始され、船団単位で航行する決まりになっている。

一〇〇メガトン級の核魚雷を搭載しているのは、アルキタスの船だけだった。

はたしてそうなのか？　アルキタスは不気味なことを考えてにやりと笑った。なにを積んでいるか、数百ヤード間隔を空けている一般貨物船やコンテナ船を見まわした。なにを積んでいるか、わかったものではない。ありがたいことに、スエズ運河庁は通過する船を調べない。それに、エジプトの税関が臨検する可能性はゼロにひとしい。アルキタスの父親は、長年の武器密輸でエジプトの役人と利益を分け合っているので、なにも心配はいらない。

それでも、アルキタスは不安だった。コーヒーを手摺《てすり》に置き、〈マルボロ〉に火をつけて、甘い香りの煙を胸いっぱいに吸った。アメリカとトルコの大統領の首脳会談《サミット》が、三日後にイスタンブールで行なわれる。これまでのところ、インド海軍のフリゲートとの失態になりかねない遭遇があっただけで、万事、計画どおりに進んでいる。ようやく航行を開始し、北の地中海に向かっているいま、勝利は目前だと感じられるようになった。だが、スエズ運河にはいくつも難所があり、つい最近もスーパータンカーの座礁《ざしょう》で通航不能になった。最終目的地に到着するまで、気を緩めないつもりだった。そのときですら、ほっとすることはないだろう。カニオンを投下するための仕事は、はじまったばかりなのだ。

サミットは中東ですでに重大ニュースになり、〝きわめて重要な歴史的行事〟だともてはやされていた。アルキタスはにやにや笑いながら、またコーヒーを飲んだ。報道機関は、その会談がどういうふうに〝歴史的〟になるかを知らない。父親がカニオン計画をはじめて提案したとき、あまりにもそれが恐ろしいので、アルキタスはひるんだ。だが、イスタンブール壊滅とその後の影響で、一族は前代未聞の富を手に入れるのだと父親が説明すると、とてつもない智謀によるたくらみだということを納得した。

しかし、アルキタスの船が定時に定められた位置につくことができず、すさまじい破滅をもたらす任務のためにカニオンを投下するのに失敗したら、そういったことはなにも実現しない。アルキタスは、もう一度腕時計を見た。

これまでのところ、定められた時間どおりに進んでいる。

オレゴン号

カブリーヨは、洗ったばかりの髪をすこしいじってから、バスルームの鏡を見た。空腹で胃がぐるぐる鳴っていた。白いカシミアのぴったりしたポロネックのセーター、〈トム・フォード〉のライトグレイの麻のズボン、〈バーウィック〉のブルースエードのローファーという、普段着だがおしゃれな格好だった。船室のドアに、ほとんど聞こえないような弱いノックがあった。

カブリーヨがドアをあけると、メリハが立っていた。六〇年代にもっとも流行したシースドレスを着ていて、運動で鍛えた体をそれが完璧《かんぺき》に引き立てていた。かといって、地味ではなかった。ドレスがメリハの目とおなじグリーンだと、カブリーヨは気づいた。

「ほんとうにきれいだ」カブリーヨはいった。思わず口から出た言葉だった。そんなにあけすけにいうつもりはなかった。メリハがまごつかないことを願った。

メリハが、顔を赤らめた。「ありがとう」

「どうぞ、はいって」

メリハが笑みを浮かべて、カブリーヨの船室にはいってきた。メリハが自分のドレスを見おろしたとき、カブリーヨがドアを閉めた。

「ほんとうにすてきでしょう？　ニクソンさんがわたしのために仕立てたと、ハックスリー先生がいっていた。あなたの船にドレスメーカーが乗っているなんて、びっくりだわ」

「ケヴィン・ニクソンは、〈コーポレーション〉に参加する前は、数々の賞を得たハリウッドの天才的な特殊効果アーチストだった。いまはわたしたちのために、マジックショップを切り盛りしている」

メリハが、広い船室を値踏みするような目で眺めた。アラベスク様式の舞台演出《ミザンセーヌ》に、四〇年代のヴィンテージの調度品がそろっている。カブリーヨは、メリハの考えを読んだ。

「マジックショップの話が出たが、ケヴィンと彼のチームが、わたしの好きな映画『カサブランカ』にちなんで、この船室を設計したんだ。きみの目の前にあるのは、〈リックのカフェ・アメリカン〉だよ」

メリハが、精いっぱいボギーの口真似をした。「全世界のすべての町の安酒場すべてのなかから、彼女はわたしの店を選んだんだ」

「知っているんだね？」

「父が好きなアメリカ映画のひとつなの」メリハがあちこちに目を向けた。「軍艦にしてはずいぶん風変わりな装飾ね」

「慣習に従うのは、戦闘では美徳ではないんだ。むしろ創意が勝利を収める場合が多い。だから、わたしはできるときにはそう勧めている」

化粧漆喰《しっくい》を模した壁に掛かっていた油絵に、メリハが目をとめた。鮮やかなコントラストの色彩だった。くすんだ茶色のふんわりした翼がある裸のキューピッドが、描かれていた。

「愛はすべてを征服する《アモル・ヴィンシト・オムニア》」

カブリーヨは感心した。「絵にも詳しいんだね」

メリハは、その絵のそばに行って、細かい部分をよく見た。

「カラヴァッジョのもっとも興味深い作品のひとつよ。これはすばらしい複製ね」

「じつは複製ではないんだ」

「まさか、ものすごくよくできた複製だという意味よね」

「これが本物のカラヴァッジョだという意味だよ。ベルリンの美術館に、すばらしい複製が飾ってある」

「よくわからない。二、三年前に、絵画館《ゲメールデガレリー》で見たばかりなのよ」メリハが眉をひそめた。これは盗品なの？」

「いや、まったくちがう。美術品は最高の投資になるし、わたしたちは世界最高の画商と取引している。そのひとりが、これを買うよう勧めたんだ。合法的な売買だよ」

「どうして絵画館では複製を展示しているの？」

「それは絵画館にきいてくれ」

「まあ」メリハにはそれしかいえなかった。強い印象を受けるとともに、ひどく驚いていた。

「おなかが空いた？」

メリハはうなずいた。「ぺこぺこ」

「だろうと思った。勝手にルームサービスをふたり分、頼んである。もしよければ」

「ええ、いいわよ」

カブリーヨは、赤い革の椅子がある応接間に、メリハを案内した。房飾り付きのおなじようなソファと、ヴィンテージのダイニングテーブルがある。

メリハは、カブリーヨのほうを向いた。「お食事をしたら、船内を案内してくれるという約束がほごになることはないわね」

「もちろんそんなことはない」カブリーヨは、模造品のベークライトの電話機を取り、番号をひとつまわした。「そちらがよければ、食事にしてくれないか」

カブリーヨは、バーのほうを指差した。「なにか飲む？」

「お水をちょうだい。おなかが空っぽだから、アルコールで頭がぼうっとなるかもしれない」

「わかるよ」カブリーヨは、〈ペリエ〉の炭酸水を注ぎ、自分にはケンタッキー・バーボンの〈バッファロー・トレース〉を注いで、ストレートのままにした。自分のグラスでメリハにソファを示してから、椅子に腰をおろした。


オレゴン号の司厨《しちゅう》主任のモーリスが、ドーム蓋《ぶた》付きのサービスワゴンをテーブルに近づけた。いつもどおり黒いスーツにぱりっとした白いシャツを着ていた。折り目はチーズが切れそうなくらい鋭くプレスされている。ふさふさした白髪は長く、完璧に整髪されている。それを見ると八十代のようだが、カブリーヨは正式な記録を見つけることができなかった。モーリスは、高齢のために英海軍を退役せざるをえなくなり、〈コーポレーション〉に参加して、たちまちもっとも愛される一員になった。モーリスは、盗み聞きしているアマゾン・エコーよりも早く船内の情報を拾い集める超自然的な能力を備えている。

モーリスが銀のドーム蓋を取り、ローズマリー、タイム、焼いたラムのいいにおいを一気に解き放った。コルク抜きを出して、ワインのコルクを抜きはじめた。

「ディナーを供します、艦長、お嬢さま。シェフ特製料理でございます。骨付きラム、ポテトグラタン、新鮮なサヤインゲン《アリコト・ヴエルト》、ワインは、ボルドーをブレンドした二〇〇八年のチリワイン〈クロアパルタ〉をお飲みいただきます。どうぞたっぷりお召しあがり《ボン・アペ》ください《ティ》」

「最新の噂《うわさ》は、モーリス？」カブリーヨはきいた。

粋《いき》な身なりのモーリスが、カブリーヨのグラスにテイスティングの分を注いだ。

カブリーヨがテイスティングすると、モーリスはいった。「リンカーンさまが目を醒まし、元気で、もりもり食べたそうです。時間はわかりませんが、今夜、ティルトローター機で出発するそうです」

「このチリワインは抜群だね」カブリーヨはいった。

「わたくしがみずから選びました」モーリスがそういって、ふたりのグラスに注いだ。

「お料理をお取りいたしましょうか？」

「自分たちでやるよ」カブリーヨはいい、手をふって断った。

「かしこまりました、わが艦長《モン・カピテーヌ》」メリハにお辞儀をした。「お嬢さまも《エ・マドモワゼル》」

カブリーヨが料理を取り分けはじめると、ほとんど目にも留まらない動きでモーリスが出ていき、船室のドアを音もなく閉じた。

「あなたを会長ではなく、艦長と呼んだわね」

「モーリスはイギリス海軍にいた昔気質《かたぎ》の男だから、艦長でなければならないんだ」

「あなたの船と乗組員には、驚くばかりだわ。みんなわたしにものすごくよくしてくれる。それに、ワーハト・アルバフルでの戦いやトルコ海軍のフリゲートとの戦いを切り抜けたやりかたが、深く印象に残っている」

「わたしの部下たちは、最高の人材なんだよ」

メリハは、テーブルに注意を向けた。目で料理を楽しんでいた。

「おいしそうだし、すごくいい香り」

メリハがラムをひと切れ食べて、バターのように柔らかい肉が口のなかでとろけたので、うっとりして目を丸くした。

カブリーヨは笑みを浮かべた。「気に入ってくれてよかった」

カブリーヨも、ジューシーなラムを食べた。シェフはたしかに最高の腕を発揮していた。ふたりは満足してしばし食べていたが、やがてメリハが沈黙を破った。

「あなたの船には、かなりの数の女性がいるのね」

「乗組員の四〇パーセントが女性だ。そもそも、わたしたちは、もっとも経験豊富で高い技倆を有する人間しか雇わない。これからも女性の数は増えるだろうね」

「それで、カブリーヨ夫人は？　奥さまもオレゴン号に乗っているの？」メリハの目が、カブリーヨの指の結婚指輪に向けられた。

カブリーヨが暗い表情になった。フォークを置いた。

「家内は酔っぱらい運転の事故で、何年か前に死んだ」

彼女が酔っぱらっていたせいで事故死したことは、いわなかった。カブリーヨはいまもそのことで自分を責めている。

「奥様を亡くされたこと、お悔やみ申しあげます」メリハが顔を赤らめた。「こんなことをきいた自分が恥ずかしい」

「いいんだ。人生にはいろいろなことがある。遠い昔の話だ。ワインを飲んでみてくれ。抜群の味わいだから」

メリハが、ワインをひと口飲んだ。「ええ、ほんとうにすばらしいわ」

ふたりは、気を取り直すために、しばらく無言で食べ、飲んだ。

ようやくメリハがいった。「あなたの船で見たあらゆることからして、あなたの〈コーポレーション〉はかなりお金を稼いでいるんでしょうね」

「オンレコで質問しているのかな？　それともオフレコ？」

「ごめんなさい。生まれつき好奇心が旺盛《おうせい》なの。友だちとしてきいているだけよ」

「それなら、答はイエスだ。儲《もう》かる商売なんだ。不幸なことに、いまの世界はわたしたちの仕事を必要としているし、わたしたちはこの仕事では最高だから、高い報酬を要求する。しかし、厳密にいえば、金のためにやっているのではない。

わたしの祖父は床屋だった。稼ぎは多くなかったが、わたしが知っているなかでもっとも豊かな人間だった。ひとびとのことを気遣っていたからだ。金銭欲はすべての邪悪の源だと、祖父はいっていた。たしかにわたしたちは余禄を得ている。また、それによって自分たちが快適に過ごし、手にはいる最高の装備を買い、作戦をつづけている。しかし、わたしたちは愛ゆえにそれをやっている。国への愛のために。そして、生涯愛するひとびとのために」

メリハが納得して、目を輝かせた。

「アモル・ヴィンシト・オムニア――愛はすべてを征服する――文字どおり」

カブリーヨはうなずいた。「真実だ」

ふたりは温かい笑みを交わし、食事に熱中して、ラムとワインを味わった。カブリーヨが女性を相手にこれほどくつろぐのは、ひさしぶりだった。いい感じだった。

楽しい時間を仕事で乱すのは嫌だったが、カブリーヨにはやらなければならない任務がある。

「リビアで見つけたAK‐47アサルトライフルはブルガリア製で、アルバニア人が密売したものだと、わたしの部下たちが確信している」

メリハが、最後のひと口を食べ終えながらうなずいた。

「そのとおりよ。ブルガリア人は世界でも最高の銃を何種類か製造しているけれど、アルバニアのマフィアに逆らってまでよそで売るようなことはしない」

「意見が一致してよかった。われわれはドゥラスに向かっているんだ」

「ニシャニ一族の縄張りね」メリハは座り直した。「パイプラインと結び付きがあるとしたら、つじつまが合う。でも、手がかりとしては弱いんじゃないの?」

カブリーヨの船内通信の着信音が鳴った。ハリ・カシムの声が、天井のスピーカーから聞こえた。

「会長、お邪魔して申しわけありませんが、ハックスリー博士が、話があるそうです。大至急」

「ありがとう、ハリ。いま電話する」ハリが通信を切ると、カブリーヨはメリハのほうを向いた。「ちょっと失礼するよ」

「どうぞ」

カブリーヨは、携帯電話を出して、テーブルから離れた。何度か着信に出ていなかったことに気づいた。

「ハックス、どんな問題だ？」

「ナポリの海軍病院の友人から電話があったの。わたしたちがそこに運んだ女性たちのひとり、アルバニア人の女性を、彼女は手当てしていたの。その患者が通訳を通して、全員が目隠しをされていたけれど、アルバニアのどこかの森で檻《おり》に入れられていたことはまちがいないといったの」

「彼女はどうしてそれがわかったんだ？」

「松の木のにおいがしたし、男たちのうちのひとりがアルバニアの方言で話をしていたからだということだった。でも、囚《とら》われていた正確な場所はわからない、と。たいした手がかりではないかもしれないけれど、すぐに知りたいはずだと思ったの」

「きみが思っている以上に役立っている。伝えてくれてありがとう」カブリーヨは電話を切った。

「いい報せ？」メリハがきいた。

カブリーヨは、ジュリア・ハックスリーが伝えた情報を話した。

「それも弱い手がかりね」メリハはいった。「でも、いくつも重なると、有力な手がかりになる。そうよね？」

「そのとおりだ。ドゥラスだとわかった」

「そこに着いたらなにをやるの？」

「証拠を集め、情報を収集して、脱出する」

「アルバニア人が嫌がるでしょうね」

カブリーヨは、ワインをひと口飲んだ。

「だったら、やつらが感情を害するようなことを徹底的にやる」

47

ロシア、ソーチ

　黒海の港からかなり離れた郊外に、大きな倉庫があった。倉庫の荷捌《にさば》き口の一カ所に、キリル文字で車体に〝ソーチ花苑〟と描いてある冷蔵車一台だけが、エンジンをかけたままでとまっていた。私服の武装警備員数人が、倉庫の周辺を巡回していた。その晩、倉庫は秘密会合のために一時的に隠れ家《が》として使われていた。

　倉庫内には女性三人を含む戦闘員年齢のアルメニア人が十五人いて、ひんやりする空気のなかで、梱包《こんぽう》用の木箱に座っていた。まわりの棚には、切ったばかりの生花が並べてあった。彼らは、ビーチと森と山々が美しいことで知られる元オリンピック開催地にはびこる多数のアルメニア人国外移住者の一部だった。彼らが座っているところからそう遠くない場所に、ロシア大統領が豪華な夏別荘を構えているし、ロシアでもっとも裕福な新興財閥《オリガルヒ》の多くもおなじだった。

若いアルメニア人たちがこの秘密会合に呼ばれたのは、アルメニアを愛する以上に、トルコ人を憎悪している過激なナショナリストだからだった。

彼らの非情な怒れるまなざしは、アルメニアではスミスやジョーンズのようなありふれた名前であるサルキシャンと名乗っている長身の好戦的な男にひたむきに焦点を合わせていた。サルキシャンは美男でカリスマ性があり、ダヴィド・ハコビアンの仲間であることがわかっている。座っている若者たちはハコビアンの評判に惹《ひ》かれてやってきたのだが、今夜、サルキシャンはあらためてハコビアンのことに触れた。

「おまえたちにいうまでもないだろうが、トルコ人はナゴルノ・カラバフでわれわれの父、息子、兄弟を虐殺するのに手を貸した。おれはひとり息子をそこで亡くした。おまえたちもそれぞれ愛しいひとを失ったことを、おれは知っている。おまえたちのうち何人かは、失ったのはひとりだけではなかった」

厳しい表情で、聴衆がうなずいた。声を殺して悪態をつくものもいた。

サルキシャンはつづけた。「われわれが自分に正直になるなら、トルコはわれわれが開発した兵器よりも優れた兵器を製造しているし、われわれの勇敢な兵士たちに対してずっと有効にそれらの兵器を活用している。だが、トルコはわれわれの民族を浄化する違法な戦争でそれを使用しているから、けっして許すことはできない」強調するために、サルキシャンは掌を拳《こぶし》で叩いた。「こんなことをつづけさせてはならない！」

　熱心なアルメニア人ナショナリストたち全員が、うなずいて同意を示した。

「それなら、なにをやるの？」ひとりの女がきいた。

「復讐《ふくしゅう》だ。復讐しなければならない」サルキシャンはいった。「血みどろの、すばやく確実な復讐だ」

「それをどうやって達成するの？」

「ハコビアンさんが、おまえたちがおれといっしょに来て、トルコ人の心に何世代も残る恐怖を叩き込む任務を行なうよう手配した」

「いつそれをやるんだ？」男のひとりがきいた。

「今夜開始する。おれといっしょに来る勇気がおまえたちにあれば」

　アルメニア人の若者たちが、目を見かわし、ささやきあった。好奇心にかられて、くだんの女がまた口をひらいた。「どういう計画なの？」

　サルキシャンは首をふった。「献身的なチームができるまで、いかなる計画も明かすことはできない。作戦上の秘密保全のためだ」

「あんたが信用できると、どうしてわかる？」ひとりの男がきいた。

「なぜなら、おまえたちの心はおれの心、おまえたちの悲しみはおれの悲しみ、おまえたちの憎しみはおれの憎しみだからだ」

「詩みたいだな」その若者がいった。「でも、詩ではだれも殺せないぜ」

「では、これを見せよう」

サルキシャンは金梃子《かなてこ》を持ち、〝植木鉢〟と描いてある細長い木箱に近づいた。蓋をこじあけて脇にほうり、肩撃ち式の対空ミサイル発射器を引き出した。新品で、ロシアのメーカーの札が付いたままだった。

アルメニアは義務兵役制度なので、実戦に参加したものは聴衆の半数にすぎなくても、その兵器を全員が見分けた。そして、ほとんどが笑みを浮かべた。

サルキシャンもにんまり笑った。「現時点では、作戦がどういう性格のものであるかはいえないが、こういう兵器がもっと関わってくることだけは約束できる。われわれの仇敵《きゅうてき》をもっと怯えさせるようなそのほかの兵器もある。だが、なにはさておき、これがすべて終わったときには、ひとつの都市全体が焼け落ちるということを、おまえたちに約束しておく」

サルキシャンは、いちばん近くに座っていた男にミサイル発射器を渡した。相手はいそいそと受け取った。となりの女が、まるで大切な宝石にでも触れるように、発射器をなでた。

「われわれはみんな、トルコがわれわれの民族を大虐殺したことを知っている。最近の戦争は、その悪行の延長だ」サルキシャンはなおもいった。「大虐殺《ホロコースト》は、〝炎による大破壊〟を意味する。トルコがまさにそういう目に遭うのを見て、何世紀ものあいだアルメニア人の血が流された復讐を果たしたいのなら、いますぐおれといっしょに来い」

「自殺任務みたいに思えるけど」例の女がいった。

「任務の目的は、トルコ人を殺すことだ。任務指揮官としておれは、死ぬつもりはないし、おまえたちが自殺することにはならないと約束する」

若い女が、納得してうなずいた。

サルキシャンは、情愛の深い父親のように両腕を大きくひろげた。「いっしょに来るのはだれだ？」

くだんの女がすぐに立ちあがった。あとの全員がそれにならった。

サルキシャンは笑みを浮かべた。「おまえたちのことを、おおいに誇りに思う。ついてこい」


アルメニア人戦士十五人は、サルキシャンにつづいて荷捌き場へ行き、待っていた冷蔵車に列をなして乗り込んだ。サルキシャンはドアから首をつっこんで、このあとの長旅のあいだ静かにしているよう命じ、甘い紅茶とブラックコーヒーの保温容器をいくつも入れてある木箱を指差した。「暖かくしていろ」サルキシャンはいった。花屋のバンは、国境を越えるのに必要な偽装だと、十五人に説明した。二時間以内に洗面所を使えるように休憩すると、約束した。

「もう晩《おそ》い。できればすこし眠れ」

サルキシャンは、密封できるドアを閉めて、ロックした。

サルキシャンは、助手席に乗り、シートベルトを締めた。「港へ行け」運転手に命じた。

冷蔵車が走り出すと、武装警備員たちが闇《やみ》のなかへ姿を消した。サルキシャンは、腕時計で時刻を確認した。アルメニア人の若者たちに約束したふたつのことには、裏の意味があった。これから、その約束どおりにする。サルキシャンは運転台でスイッチをひとつはじいた。

若いアルメニア人戦士たちは、十五分以内に全員死ぬはずだった。密封された貨物室から酸素が吸い出され、窒息する。作戦のつぎの段階まで、死体は氷温の冷蔵室で損なわれることなく保存される。

それが最初の約束の裏の意味だった。自殺ではない。

そして、すべてが計画どおりに進んだら、彼らはほんとうにトルコの大虐殺の一翼を担《にな》う。それも約束したとおりだった。

一瞬、サルキシャンは自分の裏切り行為に、罪の意識を感じた。サルキシャンに子供はいないし、最近の戦争で死んだ息子などいるはずがない。冷蔵室の若者たちとおなじように、サルキシャンにはアルメニア人の血が流れていた。そして、ダヴィド・ハコビアンは長年にわたり、巨額の収入の源だった。だが、金は血よりも濃いし、ソクラティス・カトラキスは報酬を黄金で支払った。

48

アルバニア、ドゥラス

そのアルバニア沿岸警備隊の若い将校は、あらゆる面で美男だったが、にきびの跡が頰に残っていて、肌がしなびたグレープフルーツのようだった。

勤務開始からまだ三週間目だったが、その将校は自分の仕事を心得ていた。指揮官にやれといわれたことをやるのが、彼の仕事だった。そして、ニシャニ一族の頭目《とうもく》の指図どおりにやるのが、指揮官の仕事だった。

以上終わり。

理屈のうえでは、商船に積まれている麻薬などの密輸品を見つけるのが、小さな巡視艇の将校と水先人の役目だった。ドゥラスはヨーロッパに流れ込む麻薬と武器の販路の大規模な拠点になっていた。

きょうの彼の任務は、イラン商船旗を翻《ひるがえ》している〈ヴェストゥラ〉という全長一八〇メートルのぼろぼろの在来貨物船を見つけることだった。グリーンと白の塗装だが、不思議なことに急に色を変えることができると、ニシャニ一族の構成員から伝えられていた。さらに奇怪なことに、その船は武装が整っている傭兵集団の作戦基地だと考えられているという。ニシャニ一族の事業をその連中が邪魔するかもしれない。

沿岸警備隊の将校は、自動船舶識別装置《AIS》を調べて、〈ヴェストゥラ〉という船名の在来貨物船を探したが、付近の地域のどこにも姿を現わしていなかった。だが、一時間前にリベリア商船旗を帯びた全長一八〇メートルの〈ヴェストフロース〉が入港して錨《いかり》をおろした。船荷目録《マニフェスト》によれば、スペインで農産物を積んでギリシャへ運ぶ途中だった。

時間が晩く、当直も終えていたが、身の安全のために——撃たれたり刺されたりすることを死ぬほど恐れていた将校は——調べたほうがいいだろうと判断した。

沿岸警備隊の巡視艇で近づくと、かなりの大きさに圧倒された。錆《さ》びた船体のオレンジ色が色褪《あ》せていた。ひょっとしてすべてが錆《さび》なのかもしれない。キイキイという悲鳴が耳に届いた……豚か？

まちがいないと思った。彼が幼いころ、祖父が豚を飼っていた。秋に屠《ほふ》られるときに豚が甲高く啼《な》くのを思い出して、将校は身ぶるいした。

将校と灰色の顎鬚を生やした水先人は、用心深く目を見合わせた。

豚を積んでいるのか？

緑色のねばねばの汚水が、淦水《ビルジ》ポンプによって絶え間なく排水され、青いアドリア海に注がれていた。胸が悪くなるその悪臭には、おぼえがあった。憎たらしい祖父に、何度となく豚小屋の汚物をかき出すよう命じられたからだ。

「あのゴミバケツによじ登らなくてすむのがありがたいね」熟練の水先人がにやりと笑った。「おれはただの水先人、あんたはヒーローだ」

将校は迷っていた。傭兵部隊がこんな豚小屋から強襲をかけるとは思えない。だが、ニシャニの頭目が神経を尖《とが》らしているので、将校の上官も神経を尖らしている。最新情報を教えろと、彼らは矢の催促をしている。なにも報告することはないと報告したら、指揮系統全体の緊張を和《やわ》らげることはできない。とにかくこの船さえ調べれば、怪しげな船を捜索したがなにも見つからなかったと上官にいえるから、悪く思われることはないだろう。クビになるのはごめんだ。ちかごろは犯罪組織の下働き以外の仕事がめっきり減っているし、そういうことはやりたくなかった。

とにかく、じかに関わりたくはない。

「アイ、下のおかた」無線機から声が聞こえた。「こちらはフリオ・ディアス船長だ。なにかまずいことがあるのか？」

将校は、マイクを持った。

「こちらはアルバニア沿岸警備隊。貴船の左舷側から化学物質が排水されている。乗り込んで臨検するのを許可してもらいたい」

「化学物質？」騒々しい声で笑った。「それをそう呼ぶのか？　許可するよ。船尾に乗船梯子《はしご》がある。あんたのほうへおろす。乗組員ひとりが、ブリッジへ案内する」

「ありがとう、ディアス船長。ただちに乗り移る」

船長の笑い声が、無線のスピーカーから鳴り響いた。

「ゴム長を持ってきていればいいんだがね」


アルバニア沿岸警備隊の将校は、〈ヴェストフロース〉に乗り込んだときのショックから、なかなか立ち直れなかった。不安定な鋼鉄の梯子を苦労しながら昇るとき、船名の文字が色褪せてほとんど読めなかったことも、いっそう腹立たしかった。

甲板にあがり、ブリッジに案内されるあいだも、不安はつのるいっぽうだった。壊れた機械、鋼鉄のドラム缶、捨てられた工具、煙草《たばこ》の吸い殻までもが、甲板にしこたま散らばっていた。手摺が錆びてなくなっている個所には鎖が張り渡され、隔壁の錆びた金属に穴があいたとおぼしい個所には、カビの生えたベニヤ板が打ち付けてあった。航海に耐える船とは思えず、浮かぶ屑鉄《くずてつ》置場のようだった。それに、下の甲板で反響している豚の甲高い啼き声が大きくなるにつれて、将校は吐き気を催した。

操舵室にはいると、汚れた窓からはなにも見えず、ガラスにひびがはいっている窓もあった。リノリウムの床は汚れ、窓枠には蠅《はえ》の死骸がこびりついていた。狭い空間は煙草のすえたにおいと豚の発散するにおいが充満していた。古いビデオモニターが天井の角にボルトで固定され、ダクトテープを巻いたケーブルが接続されていた。モニターには下甲板の映像が映っていて、キイキイ鳴く豚の群れと、それを世話しているゾンビのような作業員が見えた。

声をかけられて、将校は茫然自失《ぼうぜんじしつ》から醒めた。

「待たせて悪かった」

将校がふりむくと、黄色いゴムのオーバーオールを着て、ヘドロに覆われたゴムのオーバーシューズを履いた、だらしない身なりの肥《ふと》った男が目にはいった。男は汚いボロ布で手を拭《ふ》いてから、肉厚の手をのばして握手を求めた。

アルバニア人将校は、渋々その手を握った。

「ディアス船長ですね？」

「シ、余人ならぬ本人だ」

アルバニア沿岸警備隊の将校は、ディアスをじろじろ見た。日焼けした顔は白髪交じりの顎鬚に囲まれ、獅子鼻《ししばな》は酒飲みらしく血管が浮き出ている。脂《あぶら》ぎった長い白髪をポニーテイルにまとめ、眼鏡の分厚いレンズが血走った目を拡大している。

「船荷目録に加えて船積指図書を提示してもらう必要がある、船長」

「問題ない《ノ・アイ・プロブレマ》。もう用意してある」ディアスが海図台のほうへよろよろ歩いていって、擦《す》り切れた革の書類挟みを取った。それを将校の手に押しつけた。「船荷目録も船籍書類もある、アミーゴ」

「この港で投錨した理由は?」書類をめくりながら将校はきいた。

「機関の不具合だ。しかし、スペイン全土でもっとも優秀な機関員が乗っている。遅くともあすの朝には出航できる」

「それに、有毒な化学物質を湾に放出している理由は?」

ディアスが、煙草のやにで変色している歯を剥き出して、にやりと笑った。「あれはすべて有機物だよ。魚のためにいいんだ」

書類を見ていると、将校は目が痛くなった。なにも異状は見当たらなかった。モニターをちらりと見た。甲板の上から垂れている鎖で一頭の豚がじたばた暴れていて、乗組員ひとりが肉切り包丁を持ってそこに近づいているのが、画面に写っていた。将校はひるんで目をそむけた。

「下の甲板を見にいくかね?」ディアスがきいた。

将校は、ディアスの胸に書類挟みを叩きつけた。

「その必要はない。このゴミバケツ運搬船を午前七時までにおれの港から出さなかったら、押収する」ブリッジを不愉快そうに見まわした。「あるいはスクラップにする」

ディアスが、伊達男《だておとこ》の紳士めかして、軽くお辞儀をした。

「お安いご用だ。約束する」

「で、なにがあったんだ？」潮のにおいが染み付いている年配の水先人が、巡視艇を桟橋《さんばし》に向けながらきいた。

「おれは海が好きだが、一生のうち十分でもあの船で航海するはめになるくらいなら、自殺したほうがましだ」

水先人が、まぶたのたるんだ目をうれしそうに細めて、くすくす笑った。

自分のシャツのにおいを嗅《か》いだ将校が、不機嫌な顔になった。上官に電話して豚船のことを報告するのは、桟橋に着いてからでいい。〈ヴェストフロース〉とおなじくらい不潔な船をまた調べるはめになるようなら、沿岸警備隊を辞めてアイルランドへ行き、日雇い労働者になろうと、そのときその場で将校は決断した。豚小屋のにおいが体に染みつくよりも、肉刺《まめ》だらけの手でゆでたキャベツを食べるほうがましだ。

49

エディー・センが三十発入りの弾倉をもう一本、戦術ベストのパウチに入れたときに、カブリーヨが銃器室にはいってきた。チームのあとのものも、アルバニア・マフィアの根城《コンパウンド》を強襲するために、武器、装備、弾薬を身につけていた。

アルバニア沿岸警備隊の将校が乗り込み、不快な目に遭って、来たときとおなじくらいすばやく逃げ出してから、数時間たっていた。例によってマジックショップが、その名のごとく魔法を駆使して、豚を屠る動画、人工の悪臭、窓枠のプラスティック製の蠅の死骸までこしらえて、必要とされる幻想を醸し出した。

「計画変更だ」カブリーヨはいった。

だれもがその声に緊張を感じて、作業の手をとめた。

「問題ですか、会長?」エディーがきいた。エディーとカブリーヨが強襲計画をまとめ、エディーが二時間かけてこの任務の準備をしていた。厄介なのは、拠点を攻撃される可能性があるとアルバニア人ギャングはあらかじめ注意されていて、この手の作戦に備えているにちがいないということだった。ギャングは武器をそろえて、既知の縄張りを防御しているはずで、ホームグラウンドだという利点もある。

「オーヴァーホルトから電話があった。足跡をできるだけ残すなという命令だ。つまり、銃はなし、殺しもなしだ」

「アルバニア人がおなじルールでやるんなら、問題はないけど」レイヴンがいった。

マクドが、顔いっぱいに笑みをひろげて、クロスボウを持ちあげた。

「オーヴァーホルトさんは、その野蛮人たちを串刺《くしざ》しにするのを禁じましたか？」

「じつは、きみのことが真っ先に頭に浮かんだ」カブリーヨはいった。「しかし、危ない橋は渡れない」

「どうして考えが変わったんですか？」若手の戦闘員がきいた。

「われわれはヨーロッパの国に上陸しようとしている。EUの裏庭で撃ち合いをやったら、いまの状況ではアメリカにとって悪印象になる」

「それで、任務の目標は変わらないんですね？」

「変わらない。リビアで発見したことと、パイプラインとのなんらかの結び付きを、銃、麻薬、人身売買を手がかりに探す」

マクドが、長いブロンドの髪を手で梳《す》いた。

「オーヴァーホルトさんは、ギャングの殺し屋に殺《や》られずにそれをやれると思ってるんですかね？」

「そうは思っていないだろう。しかし、マーフはやれると思っている」

それが合図だったようで、マーフィーが混み合っている部屋にはいってきた。全員の目がそちらを向いた。

「射場にぜんぶ用意してある」

カブリーヨは、部屋中のライフルや拳銃を目顔で示した。

「全員、武器をしまって、五分後に射場に集まってくれ」

「アイ、会長」エディーがいった。

チームの面々は、ひとこともいわずに、すばやく、効率的に、銃器をそれぞれの保管場所にしまった。

カブリーヨは、最後のひとりが出ていくのを待って、お気に入りのFNセミオートマティック・ピストルの弾薬をひと箱取り、戦術ベストの下に隠した。

カブリーヨは優秀な兵士で、できるだけ命令には従うが、部下の安全がなによりも重要だった。

雲ひとつない山の空に星々が街灯のようにギラギラ光っているせいで、真夜中の闇がいっそう寒々しかった。たくましい体つきのニシャニ・ギャングが、木々のあいだでヒュウヒュウうなっている荒々しい風を避けようとして、粗く切られた石造りの古い狩猟用別邸のそばに立っていた。風が一段と冷たくなり、枝が揺れ、枯葉がふるえていた。

ギャングは、人間か熊が森のなかでなにかを踏みしだく音を聞きつけた。大きなフラッシュライトを木立の奥に向けたが、なにも見えなかった。前に何度もそういう音が聞こえたときとおなじで、風がたてた音だろうと思った。味方が森のなかを徒歩でパトロールしているので、やみくもにライフルで撃つことはできない。

ギャングたちは、みんな神経を尖らしていた。頭目が知っているのは、傭兵の一団がこちらに向かっているか、あるいは港に来るかもしれないということだけだった。人数も正体もわからない。トルコ人が率いるＩＳＩＳ戦士の部隊を殲滅《せんめつ》したことだけがわかっている——それは至難の業《わざ》なのだ。

それに、女をひとり連れているかもしれない。

ドゥラスの港を見張っている地元官憲と国家警察は、首都ティラーナの近辺では防御を手伝ってくれる。しかし、この山地では、近くの村々にいるマフィアの構成員だけが、歩哨に立っている。アメリカのラップを大音量で流し、金のチェーンを見せびらかして、高機動多目的装輪車《ハンヴィー》の民間型の〝ハマー〟をティラーナで乗りまわしている若い不良とはちがって、彼らはひとり残らず優秀な戦士だし、名誉を重んじる。

寒さのために耳の端がひりひりした。この十分間、だれも呼びかけてこなかったことに気づいた。ギャングの男は、携帯無線機の送信ボタンを押したが、だれも応答しなかった。もう一度押した。さらにもう一度。ライフルを肩にかけて、手で無線機を叩き、不具合を直そうとした。それからチャンネルを変更して、またボタンを押した。応答はない。

背すじをさむけが駆けあがった。

ＡＫ‐47を肩からおろし、身をかがめて狩猟用別邸から離れた。寒さで涙がにじみ、闇の奥がいっそう見えづらくなった。急にぼうっとして、吐き気がしたが、たしかに遠くに人影が見えたと思い、古い石塀に沿って走った。だが、そこで太鼓腹《たいこばら》のギャングは体を折って、嘔吐《おうと》した。膝《ひざ》を突いたとき、脱糞《だっぷん》し、気絶して地面に倒れた。

50

カブリーヨは、FN——ファイヴ・セヴンN——を、バンカーズチェアに座っていたドカという名前のボスの目の高さに構えた。エディー・センが、旧ソ連時代のファイルキャビネットを漁《あさ》っていた。

ふたりは狩猟用別邸のドカのオフィスにいた。もとは、何十年も前に死んだアルバニアの共産主義独裁者エンヴェル・ホッジャの専用別邸だった。いまはアルバニア・マフィアが所有し、太い丸太の梁《はり》、粗く切られた御影石《みかげいし》、ヴィンテージの革張り調度に加えて、いくつもの獲物の剝製《はくせい》が、壁に飾られ、台座でポーズをとっている。絶滅に近い数十種類の野生動物を増やすために、アルバニアでは十年ほど前から狩猟が禁じられているが、この屋敷には至るところに最近殺されたことを示す証拠がある。

それもこの変態男を始末する理由になると、カブリーヨは思った。

年配のアルバニア人のドカは、エディーが背中に吊っているライフルから目が離せないようだった。SF映画に出てきそうな見かけだった。バイザーをあげてある拡張現実眼鏡《オーグメンテツド・リアリテイ》もおなじような感じだ。

「あれはどういう種類のライフルなんだ？」

DARPAが設計した超低周波兵器だということを、教えるわけにはいかない。オレゴン号で近ごろ増えている非致死性兵器の一つだった。その情報は機密に属する。

「〈ナーフ〉の最新型トイガンだ」カブリーヨは冗談をいった。「きわめて威力が大きい」

「おれの配下は？　みんな死んだのか？」

カブリーヨは答えなかった。マフィアの頭目のドカを恐れさせておきたい。じつは彼らは生きていて、天まで届く悪臭を放っている。超低周波には、神経系統が腸と膀《ぼう》胱《こう》をコントロールできなくなるという不幸な副作用がある。

不潔な体になったギャングたちは、ロデオの子牛のように四つ足を結束バンドで縛りあげられた状態で、厩《うまや》に入れてある。AW609で上空を飛んでいるゴメスが、根城の赤外線生動画を拡張現実ヘルメットに送信していたので、闇のなかでアルメニア人ギャングを見つけるのは、簡単だった。

「檻を見つけました」マクドが、通信装置でカブリーヨに伝えた。

「だれかいたか？」

「最近にいた気配はないっす。婦人靴を一足見つけました。隅にちっちゃい人形が転がってます」

カブリーヨの手が、無意識に拳銃のグリップを握りしめた。

ドカの目が、七面鳥の卵くらい大きくなった。カブリーヨの頭蓋骨《ずがいこつ》を介している通信はドカには聞こえなかったが、両手を挙げた。

「金か？　いくらほしい？」

怒りに負ける前に、カブリーヨは拳銃をホルスターに収めた。ドカがほっとして、座ったまま体の力を抜いた。

レイヴンが足を踏み鳴らしてはいってきた。寒さのせいで頬が赤くなっている。

「これを見つけた」ディアマンテ・アスールのロゴがある煉瓦《れんが》状のメタンフェタミンを、レイヴンはカブリーヨの手袋をはめた手に叩きつけた。

「ブラヴォー！」このロゴだけでも、これがエレーラのメタンフェタミンだと証明できる可能性があるが、研究室のリトルトン博士に確認してもらわなければならない。

カブリーヨは、レイヴンが背負っていたAKを目顔で示した。「調べたか？」

「トラニオンの工場と印がおなじよ」

「エディーのファイル探しを手伝ってくれ。それが済んだら、ここを離れる」

「アイ」レイヴンが、ファイルキャビネットの列のほうへ行き、エディーがとなりのキャビネットにレイヴンを連れていった。

「あんたたちみたいなチームを使いたいね」ドカがいった。「凄腕のプロフェッショナルだ。報酬をいってみろ」

「いいか、おまえには払えないような金額だ」

「いってみろ。おれの従兄弟《いとこ》が一族の頭だ。金はいくらでも出せる」

カブリーヨの目が、ドカのデスクのあちこちに向けられた。ぴかぴか光っている真新しいスピードボートにドカが乗っている写真があった——アドリア海からヨーロッパ西部に密輸品を運ぶのに使われているたぐいの船だ。

「すごい船だな」カブリーヨは、入港したときにはその船が繋留《けいりゅう》されているのを見ていた。港は暗かったが、たしかに速そうな形だった。写真ではもっと美しい。カブリーヨは写真を取って撮影した。

「船が好きなのか？」

「ああ、好きだ」

「その船は時速八〇キロメートル出る。二百万ユーロ払った。おれを生かしておいてくれたら、その船をやる」ドカが、おもねるような笑みを浮かべた。「最高の係留所《スリップ》に置いてある。ナンバー1に。キーはイグニッションに差してある」

「おまえを殺して奪えばいいだけだな」

ドカの顔から笑みが消えた。

カブリーヨはうしろを向いた。「エディー、まもなく夜が明ける」

「信じられない」エディーは、いちばん低い引き出しの前でしゃがんでいた。古めかしい帳簿を出してひらいた。

顎がたるんでいるドカの顔が、暗い表情になった。

「アルバニア語は読めない」エディーがいった。「でも、これが暗号のたぐいだというのはわかる。それに、数字がたくさん書いてあります」

「それをバッグに入れて、ここを出よう。チーム全員を呼び出して、出発する」

「その帳簿の見返りに、五百万ユーロ払う」ドカがいった。

カブリーヨは、首をかしげた。「黄金で？」

「ビットコインだ。そのほうがずっといい」

「ビットコインは詐欺《さぎ》だ。ダイヤモンドならいいかもしれない」

「それには時間がかかる」

「銀貨では？　ミスティック・ザ・ユニコーンのお手玉人形《ビーニー・ベイビー》では？　それともメンコとか？」

ドカが、まごついて首をふった。「冗談か？」

カブリーヨは、帳簿を指差した。「ああ。おまえをからかったんだ」

ドカがうなりをあげて椅子から跳び出し、節くれだった手でカブリーヨの首を絞めながら拳銃を奪おうとした。肥った年寄りにしては動きが速いと、カブリーヨは思った。

カブリーヨは肥っていないし、年寄りでもない。

カブリーヨは、満足のいくパンチをくり出して、ドカの顎を殴った。ドカが気絶して、体を丸めた格好で木の床に倒れた。カブリーヨは、ドカの両手と両足を結束バンドで縛り、チームはドアから駆け出して、オレゴン号を目指した。

カブリーヨはハリ・カシムに、狩猟用別邸で密輸品を押収し、ギャングを逮捕するために、インターポールの知人に連絡するよう指示した。信用できない地元の官憲にそれを委ねるわけにはいかない。

この深夜の仕事で、ニシャニ一族の組織に大きな痛手をあたえ、たとえ一時的にでもパイプラインを遮断できた。あいにく、犯罪者の闇の世界は、自然とおなじように空白ができた衝撃を吸収するから、いずれべつのギャングが取って代わるにちがいない。

カブリーヨは、腕時計を確認した。夜明けまでぎりぎりの時間しかない。モラーマイクでリンダ・ロスを呼びながら、携帯電話を出した。いまはマックスがオレゴン号を指揮しているが、こういう作戦ではリンダがブリッジに詰める。

「そっちは万事うまくいった？」リンダがきいた。

「任務完了、死傷者はなし」

「ああ、よかった」

カブリーヨは、携帯電話の送信ボタンを押した。「調べてもらいたい船の写真を送る。係留所《スリップ》ナンバー1に停泊しているはずだ。そこを抜けたとき、見張りはいなかったが、念のために〈ゲイター〉で行ってくれ。よけいな危険を冒したくない」

「なにを探すわけ？」

「それはドカの船だ。価値があるものを見つけられるかもしれない」

「用心棒にマーフを連れていくわ」

「それは危ないんじゃないか」

「ほかには？」

「無用の危険は冒さないでくれ。見つからないように乗降するのが無理だったら、逃げ出せ。しかし、船内を調べられるようだったら、帰りしなに自沈させるのを忘れないでくれ」

「どうして自沈させるの？」

「だいじな船になにが起きたか、ドカが知ったときの顔を想像したいからだ」

51

オレゴン号

オレゴン号のバラストタンクの水密戸《すいみつど》をリンダ・ロスがあけると、メリハは海の潮の香りに包まれた。通常は、必要に応じて反対側のバラストタンクとともに注水し、貨物を満載しているように見せかけるのだが、いまは二レーンのオリンピックサイズのプールになっている。ずらりと並んだLED照明の光が水から反射し、広大な空間が煌《きら》めいていた。隔壁に張られたカラータイルが、その効果をいっそう強めていた。

潜水艦乗組員の制服を着ていたリンダが先に立ち、プールの横の狭い通路を進んでいった。向こうの端で、泳いでいただれかが、水に潜った。

「ここはなに?」メリハがきいた。

リンダは微笑んだ。「バラストプールは、乗組員が使って楽しめるように船内のあちこちにある運動設備のひとつよ。ストレス解消には運動がいちばんいい。それに、みんな、体調が最高だっていうのが自慢なの——とくにあのひとは」

泳いでいた男が水のなかから出てきて、力強い両腕を天使の翼のように高々とひろげた。キックした両脚がうしろで水をかくと同時に、両手で水をつかんで胸の前に集め、一気にうしろに押し出すと、上半身が水面のかなり上まで持ちあがった。まるで絵のように完璧なバタフライのストロークだった。

記録的なタイムで水をかいているその男ほど、プールで泳ぐのに熱心で、肉体を限界まで酷使する乗組員は、ほかにはいなかった。片脚の一部がないうえに、ウェイト入りリストバンドをつけているのに、ファン・カブリーヨは、蒸気機関車のような着実なリズムで、水のなかでなんなく速度をあげていた。

両腕を動かして水を深くかくたびにカブリーヨの肩と胸の上のほうの筋肉が波打ち、つぎのストロークのために上半身が持ちあがったときに腹筋が伸縮するのを、メリハは思わず惚《ほ》れ惚《ほ》れと見ていた。きのう顎鬚を生やし、汚れたオーバーオールを着て、豚船の肥ったスペイン人の酔いどれ船長を演じていたのとおなじ人物だとは、とうてい思えなかった。いまはギリシャ神話の海の神ポセイドンのように見える。

リンダには、メリハの表情がよくわかっていた。友人で指揮官のカブリーヨが猛然と泳ぐのを見ていると、おなじように感じる。カブリーヨの卓越した運動能力とプールでの容赦ない鍛錬は、だれもが認めるところで——現場でとてつもない体力を発揮する秘訣《ひけつ》でもある。

それに、女心を惹きつける。

女ふたりは、訳知り顔で目を見合わせた。

カブリーヨが反対側で水に潜ったとき、リンダとメリハはプールの奥の端で立ちどまった。カブリーヨがターンしてプールの壁を蹴《け》り、つぎの瞬間にはまた機械のように水に襲いかかって、こんどは背泳で水面を飛ぶように進んだ。

水泳に集中していても、ゴーグルを通してこちらを見ていたことを、リンダは知っていた。カブリーヨが強襲チームに事後報告の前に数時間眠るよう命じたと、マックスがいっていた。だが、カブリーヨは泳ぐことにしたのだ。

最後のラップを終えたカブリーヨがプールの壁をつかみ、腕時計を見たとたんに、アラームが鳴った。

「自己記録を更新したのね？」リンダがきいた。

カブリーヨはゴーグルをはずした。「努力しなかったら人生は無意味だ」女ふたりに、疲れた笑みを向けた。「スピードボートでなにか見つかったか？」

「刑事裁判所で使えるようなものは、なにもなかった。でも、機関室に造船所の船舶銘板があった――カトラキス海運」

「カトラキス？　どうして聞きおぼえがあるんだろう？」まだ息を切らしていたカブ

リーヨがきいた。

「カトラキス一族は、ヨーロッパで最大の民間造船会社を経営している」メリハがいった。「それに、ヨーロッパ最大の海運・陸運会社でもある。カトラキス一族はだいぶ前から、組織犯罪に関与していると疑われている」

「密輸品をひそかに運びたいとしたら、海運・陸運会社を自由に使えるのは、ものすごく便利だ」カブリーヨはいった。「パイプラインと結び付いていると思っているんだな?」

メリハはうなずいた。「そうだとしたら、つじつまが合う。アルバニアのマフィアがカトラキス製の船を所有しているのが、偶然の一致とは思えない。あなたたちが押収したファイルで、つながりを見つけられるかもしれない」

「でも、揚げ足をとるみたいだけど、偶然の一致ということもありうる」リンダがいった。「アルバニア人はたぶんマセラティに乗ってる。だからといって、フィアットがパイプラインと共謀してるとは限らない」

「たしかに」メリハはいった。「カトラキス一族は、家長のソクラティス・カトラキスが数年前に死んだあとで、犯罪から足を洗ったとされている。でも、ソクラティスは死んでいないという噂があるの。隠れているだけだと」

カブリーヨは、プールからあがって、タイルに腰かけ、損なわれていない片脚を水のなかに垂らした。

「突き止める方法はただひとつだ。カトラキス海運はどこにある？」

「調べておいたわ。ギリシャのファロス島の港に造船所がある」リンダがいった。

「マックスに、ただちにファロスへの針路をとるよう指示してくれ」

「アイ、会長」

「それから、事後報告に出席してくれ」メリハにうなずいてみせた。「きみも、よければ」

「よろこんで」

女ふたりが向きを変えて出ていくときに、カブリーヨはうしろから大声でいった。御影石の壁に声が反響した。

「リンダ、きくのを忘れていた。ギャングのボートは沈めてくれたかな？」

リンダが笑みを浮かべた。「ええ、簡単だった。すぐに自沈できる仕組みだった。海水コックをあけたら、あっというまに沈んだ。ほんとうは残念だったけど。美しい船だったから」

52

厚切りのベーコン、スクランブルエッグ、ケニアコーヒーのブラックというたっぷりした朝食を食堂で食べたあと、カブリーヨはメリハやオレゴン号の頭脳集団とともに、会議室にはいった。

カブリーヨは、長年のあいだＣＩＡのＮＯＣ——非公式偽装工作員（大使館員のような偽装がない工作員）、つまりスパイ——として、世界中で情報収集に携わった。オレゴン号はたしかに戦闘向けに建造されているが、おもな任務はやはり諜報《ちょうほう》活動だった。カブリーヨは諜報の技術と科学が好きなので、軍と情報機関の両方から乗組員を募っていた。

リンダ・ロスが、完璧な実例だった。最近は船長としてすこぶる有能であることを実証しているが、リンダはアメリカ海軍で長年、情報将校としてイージス巡洋艦に乗り組んでいた。陸上作戦部長のエディー・センもＣＩＡの長期潜入工作員として語り草になっているほどの経歴がある。

要するに、オレゴン号の乗組員の大半が有能なスパイだった。

カブリーヨはいま、どんなときよりも情報を必要としていた。オレゴン号は現在、パイプラインの鎖のつぎの環が見つかることを願って、薄っぺらなデータだけを頼りに、ファロス島を目指している。それに、手がかりを探していると、空薬莢《からやっきょう》とおなじくらい動かぬ証拠を直感で見つけることもある。

それでも、カブリーヨはもっと情報がほしかった。

「ラス、きみはわれわれみんなが眠っているあいだも起きて仕事をやっていた。なにか見つけたか？」

ラス・キーフォーヴァーは、リンダのとなりに座っていた。ラスは引退した元CIA法廷会計学者で、長年にわたり、インクの染《し》みがついた帳簿、フロッピーディスク、ハードディスクドライブを調べて、麻薬売人、銃器密輸業者、汚職政治家の難解な財務から犯罪を暴いた。キーフォーヴァーは、シンガポールからサンクトペテルブルクに至るまで、世界中で数々の犯罪事件を解明している。何年ものあいだ狭いオフィスに閉じこもり、コンピューターのキーボードにかがみ込んでいたにもかかわらず、びっくりするくらい健康だった。非番のときには、ウェイトリフティングのコンテストの選手なみのトレーニングをやっている。筋肉隆々の体の上で、オーダーメイドのシャツの縫い目がはちきれそうになっている。

「エディーがドカのオフィスから持ち出した資料を調べました。非常に興味深いですね。ことにこの帳簿です。わたしの経験では、こういう元共産主義者の古株のギャングは、全盛期にはほとんど政府の保安機関と結び付きがあったはずです。それに、おもしろいことに、共産主義政府はほんとうに金払いが悪かったんです。彼らは、几帳面《きちょうめん》に書類に記せと、手下に要求しました。そんなわけで、わたしたちが見つけた帳簿は、共産主義政府が消え去ったあとも、しつけられたとおり、しきたりを守って記帳されたものなんです。エディーはたまたまそういうものを見つけたんです」

「エディーが、帳簿はすべて暗号で書いてあるといっていた。解読したんだな？」

ラスが、にんまり笑った。

「アルバニアはワルシャワ条約機構から脱退しましたが、ソ連はずっとアルバニア国内の資産（秘密任務に使える、情報機関職員ではない個人）を維持してきました。わたしはロシア課に十一年いたので、思い切って推測し、ドカはKGBのスパイだったにちがいないと想定しました。とにかく資産ではあったでしょう。もしそうなら、旧ソ連のサイファー（文字単位で置き換えるやりかたの暗号）から離れられないはずです。わたしは何年も前に、彼らの知られていた暗号をまねるソフトウェアを作成しました——仕上げを御覧じろ《ヴォイラ》——帳簿の暗号は、春の朝の花みたいにひらきはじめました」

「ずいぶん詩的だな。で、なにがわかった？」

「まあ、いまも申しあげたように、秘密はみずからほころびはじめたばかりなんです。

いまわかっているのは、ドカとその配下が全員、終身刑を五回ずつ受けるような汚らわしい犯罪の証拠が記されていることです。

しかし、わたしが驚いたのは、ダヴィド・ハコビアンという人物に関連して、数週間前に莫大な金額が動いていることです。あちこち調べると、その名前が数年前から至るところに記されています」

「ハコビアン？　その名前は知っている」

十年前の大規模な麻薬事件を、カブリーヨは思い出した。ハコビアンは経歴が不詳の重要関係者だった。加担していたことはまちがいないが、証拠がなかった。何十年にもわたって、そういう不明瞭《ふめいりょう》な状況だった。その後、ハコビアンは麻薬取引から足を洗った――あるいは、だれもがそう思っていた。

ハコビアンがパイプラインの鎖の環ということはありうるだろうか？　とカブリーヨは思った。

「アルメニア人がトルコ人と組むというのは、意外だな」

「わたしの国の人間が、アルメニア人を大量虐殺したと非難されていることをいっているのね」メリハがいった。

「ああ、そうだ」アルメニア人には許しがたいことだ。ユダヤ人にとってホロコーストが許しがたいのとおなじように。

メリハが、居ずまいを正した。

「あのジェノサイドは、恐ろしい悲劇だった。第一次世界大戦後に、その地域で大混乱が起きて、残虐な行為が頻発《ひんぱつ》した。どちらの国もひどい犯罪を行なった。正直な歴史家はすべて、そう認識しているわ」

「そのとおりだ。邪悪な行為はだれかが独占しているわけではない。わたしの経験では、世界中でおなじように行なわれている」

「でも、それはなんのいい訳にもならない。わたしの国が平和で民主的な共和国として前進するためには、暴力的だった過去と向き合う必要がある」

カブリーヨはうなずいた。自分の行為の責任を認めるのは、最近ではめったにないことだ。若い活動家のメリハをいっそう称賛する気持ちになった。

「われわれが追っていたカトラキス組織はどうですか？」エディーが質問した。「ギリシャ人の名前です。やはりトルコ人が大好きではないでしょう」

「自明の理を忘れてるわ」リンダがいった。

エディーは肩をすくめた。「なんのことですか？」

「貪欲《どんよく》は血よりも濃い。ハコビアンとカトラキスがパイプラインと結び付いてるようなら、復讐なんていう幻想じゃなくて、お金が動機よ」

リンダのいうとおりならいいのだがと、カブリーヨは思った。だが、いまは小難しい理屈を考えている場合ではない。オレゴン号で最高の操舵手で、才能に恵まれた調査員でもあるエリックに向かっていった。

「ストーニー、きみとマーフは何人か部下を選んで、このハコビアンというやつのことを調べてくれ。早期引退してはいないという気がする。それをやりながら、ハコビアンとカトラキス組織の結び付きも探してくれ」

エリックがうなずいた。「さっそく取りかかります」

「ハコビアンについては、ラングにも問い合わせる」

カブリーヨは、テーブルの一同を見まわした。

「われわれは一度や二度の成功で満足してはいけない。エディー、カトラキスの施設をモニターに呼び出して、作戦計画を練ろう。運がよければ、命を落とさずに汚いパイプラインを空高く吹っ飛ばすことができるかもしれない」

「運ですか、会長?」

「アイゼンハワーがいったように、計画はなんの値打ちもないが、計画を立てることがすべてだ。そうとも。手にはいるだけの運をつかむつもりだ。それが必要になるはずだ」

ファロス島急襲計画が説明され、準備のための訓練の指示が出されると、カブリーヨは、ラングストン・オーヴァーホルト四世がCIA本部のオフィスに行くあいだに書類仕事を片付けようとして、自分の船室へ行った。八十代のオーヴァーホルトは、時間厳守だし、朝にはかならず自分なりの養生法を実行する。

「ファン・カブリーヨ、わたしのかわいい息子。なんという偶然の一致だ。わたしもきみに電話するところだった」

「明るい報せならいいんですが」

「リビアのメタンフェタミンについてきみのところの研究者が行なった分析は、超一流だった。きみの研究室の分析は正しかった。こちらにあるエレーラのメタンフェタミンのサンプルと、分子署名がぴったり一致した」

「わたしの研究室はいま、アルバニアで採取したメタンフェタミンを調べています。しかし、包みに記されていたロゴから、やはりエレーラが製造したディアマンテ・アスールにちがいないと確信しています」

「もしそうなら、エレーラがパイプラインの麻薬の供給源だということを断定するデータが、二カ所で見つかったことになる」

「それならエレーラを捕らえにいかないと」カブリーヨには、父親殺しの麻薬王についてまだ片付けていない仕事があった。トム・レイズのために天罰を加えることを、片時も忘れていなかった。

「そう簡単ではない。ビクトル・エレーラは、殺人鬼の父親よりもずっと悪辣《あくらつ》で危険だ。だれも近づくことができない。やつを付け狙《ねら》うために送り込んだ人間は、だれも戻ってこない。やつはメキシコ政府の半分を我が物にしている。それに、国境の南北の法執行機関と裁判官を買収している。買収されていない人間は、対決するのを恐れている。あいにくいまのエレーラには手が届かない」

「こういうカルテルの頭目たちをテロリストだとして、掃滅することはできないんですか？　二十年後には、タリバンとアルカイダが殺したアメリカ人の数と、カルテルが汚らわしい麻薬でひと月のあいだに殺すアメリカ人の数が、おなじになりますよ」

「まったく同感だ。だが、政策を作成するのはわたしではない。わたしはそれを実行するだけだ」

「では、わたしにやらせればいい」

「べつの機会に考えよう。いまは、目下の任務に集中してもらいたい。いま、正確にどこにいる？」

「ファロス島に向かっています」

「天気がいいという以外に、伝説で有名なギリシャの島に惹かれた理由は？」

「カトラキス海運という企業です。そこに規模が大きい造船所があります」

「ソクラティス・カトラキスという名前は、よく知っている。ヨーロッパ最大の民間造船会社を設立した。長年、犯罪行為への関与を疑われている。だが、死んでからだいぶたつ」

「カトラキス組織がパイプラインの密輸品輸送の大本《おおもと》かもしれないと、われわれは考えています」

「ある程度、筋が通っている推論だな。証拠は?」

「それがその島へ向かっている理由です――法廷で使えるようなことを見つけるのが」

「アルバニアの任務で、その方向に導かれたんだな。その任務はどうだった?」

カブリーヨは、アルバニアのギャングの拠点を急襲し、キーフォーヴァーが解読した帳簿を含めた財務記録を押収したことを説明した。

「あなたが憶えているかもしれない昔の名前を見つけました。ダヴィド・ハコビアンという人物です」

「ハコビアン……ハコビアン……ああ、そうだ。たしかに憶えている。いくつかの大手麻薬シンジケートの陰の金庫番だと疑われていた。きわめて抜け目のない男だ。訴追どころか単純な逮捕状の裏付けになるような証拠すら見つけられなかった。有罪にするのは不可能だった」

「どういう手口でそんなことができたんですか?」

「われわれの情報源は、ハコビアンの記憶力は完璧だといっていた。つまり、捜査の網にかかるような書類や電子的な足跡を残さない。すべて頭のなかにしまう。脳を読む装置でもない限り、どうにも調べようがない。不正行為に手を染めているという噂だけでは、有罪にできない。アルバニア人どもの記憶力がそんなに優れていなかったのはさいわいだ」

「ハコビアンがどこにいるか、わかりますか？」

「ハコビアンは、六〇年代にアルメニアから南カリフォルニアに移住した。それ以来ずっと、アメリカ市民だ」

「当ててみましょう。グレンデールにいるんですね」カリフォルニア人のカブリーヨは、グレンデールとその近辺がアルメニア国外で最大のアルメニア人居住地だというのを知っていた。

「そのとおりだ。それに、ハコビアンはそこを離れたことがない。たしか、最近は世捨て人のように暮らしている。どこかへ旅行するのを嫌っている。グレンデールを一度も離れたことがないと思う」

「それなら、わたしがアメリカ本土へ行くまで、毎日二十四時間態勢で監視するよう頼んでも、無理ではないですね。ハコビアンがパイプラインの陰の金庫番なら、すべてを壊滅する重要な手立てになるかもしれない」

「ＦＢＩの友人たちに連絡して、ただちに手配してもらおう」

「ありがとう、ラング。また連絡します」

「気をつけるんだぞ。それに、成功を祈る」

53

ロシア、コラ半島、オレニヤ湾
深海調査本部（GUGI）

戦闘哨戒《しょうかい》中のセルゲイ・ヴォールコフ海軍中将は、バレンツ海にひしめく流氷のように冷たく非情だった。不愛想な潜水艦乗りでロシア連邦英雄の称号を持つヴォールコフは、前任者が新型コロナウイルスのために死んだあとを受けて、GUGIの指揮をとっている。肩幅が広く、カイゼル髭《ひげ》と髪は齢《とし》のわりに真っ白になっている。その性格と体格から、幕僚たちは白熊だと陰口を叩いている。部下たちは、筋金入りの戦士で有能な管理職だという面しか知らないので、その朝にヴォールコフが満面に笑みをたたえてオフィスにはいってきたときには驚いた。

ヴォールコフの木の幹のように太い両腕に、金色の長いおさげの巻き毛と輝く青い目の五歳の少女がちょこんと載っていた。ヴォールコフはワークステーションごとに足をとめて、孫娘のアンジェリーカを紹介し、誇らしさではちきれそうになって、きょうはこの子の誕生日だと告げた。

幼い少女は当直の全員の心を和《なご》ませ、だれもが天使のような少女をおおげさに誉《ほ》めそやした。本来なら、アンジェリーカと、その母親——ヴォールコフの息子の妻——は民間人で、機密の施設にはいるのは許されない。しかし、その子の誕生日だったし、ヴォールコフに睨まれて出世をふいにしたくなかったので、だれもその違反行為をとがめなかった。

家族三人は、ヴォールコフの広い専用オフィスへ行った。通信担当の中尉がそこに携帯用マイクとスピーカーを設置して、最後の調整を行なっていた。ヴォールコフがはいっていったとき、中尉は最終通信点検を終えた。

「すべて整ったか、中尉？」

「はい、提督」中尉が時計を見た。「〈ペンザ〉は二分後に連絡してくる予定です」

「すばらしい。下がってよろしい。ドアを閉めてくれ」

中尉が静かにドアを閉める前に、ヴォールコフは背もたれの高い重役用椅子に座り、孫娘を膝におろした。ふたりともデスクのマイクと向き合った。ヴォールコフのひとり息子は、ステルス性能の高い〈ペンザ〉の艦長だった。ロシア連邦の最新鋭のもっとも先進的な潜水艦〈ペンザ〉は、さまざまな通常兵器をとりそろえ、カニオン核魚雷一本を搭載している。作戦の秘密を守るために、〈ペンザ〉は無線封止を続行するよう厳格に命じられていた。孫娘の誕生日をきょう祝うために、ヴォールコフはひそかに浮上する計画を息子とふたりで決めてあった。

五歳になるまでずっと、父親は娘の誕生日にはつねにいっしょにいた——きょうだけはべつだった。だが、孫を溺愛《できあい》している祖父が〝階級には特権がある〟といい張り、指定した時刻に浮上して、愛するアンジェリーカと無線で短い話をするよう、息子に命じていた。

ヴィンテージの船舶用ネジ巻き式時計が、壁で時を刻んでいた。分針は十四分の上にあり、秒針は三十秒を過ぎていた。ヴォールコフは、孫娘の耳にささやいた。「誕生日にすてきなびっくりプレゼントがほしくないかね？」

アンジェリーカがにっこり笑い、祖父の胸に留めてある潜水艦乗組員の徽章《きしょう》をいじった。「ええ、とってもほしい。なんなの？」

「きょう、パパと話をしたいだろう？」

アンジェリーカが、不思議そうに眉をひそめた。

「でも、パパは遠い海にいるってママがいったわ。帰ってくるのはずっとずっとあとだって」

ヴォールコフが、うれしそうに目を細めて、マイクを指差した。

「ああ、そのとおりなんだ。だけど、このマイクで、もうすぐパパと話ができるよ」

「電話みたいに?」

「そうだよ、別嬪《べっぴん》さん、まったくおなじだ」

アンジェリーカが、よろこんで顔いっぱいに笑みをひろげた。「だったら、すごくうれしい」

送信ボタンを押したとき、ヴォールコフは心臓が破裂しそうなくらい誇らしかった。通信担当の中尉が、すでに指定の周波数に合わせていた。家族がなごやかなひとときを味わえるように、息子とこのオフィスの通信を接続するのが、中尉の仕事だった。

ヴォールコフは、作戦上の秘密保全をおもんぱかり、暗号化された通信を三十秒以内に制限していた。アメリカの国家安全保障局《NSA》が、通信を傍受することはまちがいない。暗号化して周波数を頻繁に変える通信で誕生日を祝っているのを、NSAのコンピューターのアルゴリズムが解読できるとは思えない。仮に解読したとしても、〈ペンザ〉はすばやく波の下に潜って深海に姿を消し、アメリカのスパイ衛星の詮索《せんさく》の目が届かないところで、任務を再開する。

ヴォールコフは、秒針がゼロに近づくのを見守った。決められた通信時刻だ。中尉が接続するはずだ……いまだ。

なにも起こらなかった。

ヴォールコフは、眉根を寄せた。秒針は魚雷のように定時を過ぎて、思ったよりも早く三十秒に向かっている。電波が弱いのかもしれないので、ボリュームを最大にしたが、聞こえるのは空電雑音だけだった。

ドアがぱっとあいて、通信科長のカラチェフ大佐が跳び込んできた。言葉が出る前に、不安にかられていることをその表情が伝えていた。

「大佐？」ヴォールコフはきいた。「通信の状況は？」

「提督。その……技術的問題です。申しわけありません」アンジェリーカが幸せそうな微笑みを向けているのに気づいた。「ほんとうに申しわけありません。不都合なことになって」

ヴォールコフは、すさまじい目つきで大佐を睨みつけた。

なにをいっているんだ？

「もう一度やれ」

「何度もやりました」

「通信装置は点検したか？」

「はい、こちら側はすべて正常――」神経質になっていた大佐が、いい直した。「大気の状態が悪くて、通信が妨げられているのかもしれません」それ以上、質問しないでほしいという目つきで、ヴォールコフをみた。

「わかった」

ヴォールコフは、息子の妻を見た。不安のあまり、身をこわばらせている。彼女は職業軍人の海軍将校の献身的な妻だし、馬鹿ではない。ヴォールコフは、安心させようとして、彼女に笑顔を向けた。

「きょう、あとでまた通信する手配をしよう」ヴォールコフは、息子の妻にいった。

「なにも問題はない」

ヴォールコフの自信に満ちた声を聞くと、奇跡的に彼女は安心し、見るからにほっとした表情になった。

真実が男を――女もだが――勇敢にすることはめったにない。ヴォールコフはかなり前に身をもってそれを学んでいた。

アンジェリーカに向かって、ヴォールコフはいった。「かけがえのない女の子の誕生日だから、特別な朝食を食べたらどうかな？　そうしたら？」

アンジェリーカが、巻き毛をふって大きくうなずいた。

ヴォールコフは笑った。ふさぎ込んでいた大佐ですら、笑みを浮かべた。

「それじゃ、朝食にしよう」

「でも、パパはどうするの？　パパとお話がしたい」

「あとでね、エンジェル。あとで」

「なにもかも問題はないと確信しているんですね？」ヴォールコフの息子の妻がきいた。

ヴォールコフは、アンジェリーカを抱いたまま立ちあがった。きみの夫は勇敢な乗組員とともに海の墓場で眠っている可能性が高いと、いまいうわけにはいかない。ヴォールコフは孫娘にキスをして、この子に父親の身になにがあったかを告げなければならない瞬間を恐れて、目を閉じた。それをいえるような勇気があるかどうか、自信がなかった。カラチェフ大佐の報告を待つつもりだったが、心の底では息子が死んだことをすでに知っていた。

ヴォールコフは、アンジェリーカの耳もとでささやいた。「コックに頼めば、ものすごく特別なものをこしらえてくれるよ」

「ええ、そうする！　そのあとでパパとお話をするわ」

ヴォールコフは、涙をこらえて、もう一度孫娘にキスをした。「そうだね、エンジェル」

ヴォールコフは、アンジェリーカを母親に渡した。「すぐあとから行く」ドアのほうを目顔で示した。

母親が、アンジェリーカを両腕で抱いた。「すぐ外にいるわ」

彼女がカラチェフ大佐のそばを通り過ぎると、ヴォールコフはすぐにドアを閉めた。

「いったいどうなっているんだ？」

「提督、わたしたちはあらゆることを試しました。こちらのシステムは完璧に機能しています」

ヴォールコフは、大きな口髭をひっぱった。考えるときの古い癖だった。息子がこの通信を聞き逃すことはぜったいにありえない。〈ペンザ〉に何事かが起きたのだ。しかし、なにが起きたのか？

「ひきつづき試してくれ。それから、わたしが戻るまで三十分ごとにメールで進展を知らせてくれ」

「イエッサー」

「もうひとつ、カラチェフ。国防省のパヴリチェンコに電話してくれ。彼はわたしに借りがある。〈ペンザ〉が位置についている水域が監視できるように衛星を移動させたい。ひょっとして発見できるかもしれない」

カラチェフ大佐がうなずいた。

「ただちに連絡します」カラチェフが、ヴォールコフの肩に手を置いた。「お気の毒です」

ヴォールコフは、カラチェフの手をふり払った。部下から悔やみの言葉をかけられたくはなかった。目が鋭くなった——出ていけという無言の命令だった。

カラチェフは出ていった。

ヴォールコフは、深く息を吸って気を静めようとした。カラチェフの努力は無駄になるだろうとわかっていた。だが、孫娘にできるだけ楽しい一日を過ごしてもらう義務がある。この日の苦さを彼女は一生味わいつづけるだろうが、すばらしい誕生日の思い出が、それを和らげてくれるかもしれない。

そのとき、ハンマーで殴られたように、ヴォールコフは気づいた。

カニオン魚雷も行方不明なのだ。

54

オレゴン号

マーク・マーフィーとエリック・ストーンは、カブリーヨとチームが強襲計画を練れるように、ファロス島のカトラキス海運の施設を調査した結果を説明した。

マーフィーとエリックは、カトラキス海運が民間と軍の顧客のためにさまざまな種類の業務を扱っていることを突き止めていた。だが、その造船部門は、この十年間、LNG（液化天然ガス）タンカーとその支援船舶の建造に巨額の投資を行なっていた。

造船所はフットボール場数面よりも広い、巨大施設だった。カトラキス海運は現在、複数の船の修理と建造を同時に行なっている。ひそかに運ばれた密輸品があったとしても、船艙《せんそう》、コンテナ、倉庫のロッカー、保管スペースをすべて調べて見つけるには、何週間もかかるはずだというのが、ふたりの結論だった。

カブリーヨは、コーヒーをちびちび飲みながら、熱心に話を聞いていた。

「そこにたえず運び込んでいたとは思えない」カブリーヨはいった。

「どうしてだ?」マックスがきいた。「広いし、やばいブツを隠しやすい」

「たしかに広いが、合法的な造船所で、会社の許可を得ていない人間がおおぜい、あちこちを見てまわっている」

「同感です、会長」マーフィーがいった。「おれがやつらの密輸をやってたとしたら、やばいブツは貨物船に積んだままにして、自分たちで警備しますよ。人間、武器、麻薬を何度も倉庫に運び込んだら、出入りの回数が増えるし、逃げられたり、盗まれたり、偶然に発見される可能性が大きくなる。リスクを集中せず分散するほうがいい」

「それじゃ、ここは見込みなしか?」マックスがきいた。

カブリーヨは首をふった。「その逆だ。われわれがほんとうに捜しているのは、カトラキス組織がパイプラインを潤滑《じゅんかつ》に動かしているかどうかということだ。やつらがパイプラインを動かしているとしたら、海運事業を使うだろうが、現金でその動きをなめらかにしているはずだ」

「アルバニアの例が示したみたいに、財務記録、送り状、名前、住所を探せばいい」

エリックがいった。

「メインオフィスで見つかりそうだな」カブリーヨはいった。

マーフィーが笑みを浮かべた。「おれたちもそう思ったんです」

「銃で撃ちまくりながら突入するわけにはいかない」マックスがいった。「オーヴァーホルトと付き合いがある国務省の保守的な友人たちが嫌がるだろう」

カブリーヨは、考えながらテーブルを指で叩いた。

長年、秘密工作に携わっていたカブリーヨは、姿をあらわにすることがもっとも簡単な偽装だと知っていた。陽気な顧客《フォギーボトム》がにこにこ笑いながら正面ドアからはいってきたら、泥棒が下見に来たのだとはだれも思わないはずだ。

カブリーヨとマックスは、まさにそれをやるつもりだった。

メインオフィスにはいるためには、造船所が興味を抱くくらい大きな仕事でなければならないが、かといってすぐに取りかかれないほどの大規模な仕事ではいけない。それに、世界一先進的な情報収集船のオレゴン号をカトラキスの配下があちこち見てまわるようなことは、避けなければならない。

「高価な部品を注文して、クレーンでオレゴン号に積み込むだけでいい」カブリーヨはいった。

マックスはうなずいた。「そうだな。やつらのところに在庫があるかどうか、たしかめなければならない」

「簡単ですよ」エリックがすでに、造船所のメインフレームコンピューターに、ハッキングで侵入していた。エリックの指がコンピューターのキーボードの上で躍り、在庫リストを集めて、大型モニターに表示した。

「ぴったりなのはどれだ?」カブリーヨはきいた。

「七四九番ならいいだろう」マックスがいった。「ストーニー、シリアルナンバーを書き留めるから、プリントアウトをくれ」

「了解しました」

「その部品がほんとうに必要なのか?」カブリーヨはきいた。

マックスが肩をすくめた。「いや。だが、やつらにはわからない」

オレゴン号の機関長のマックスが、カトラキス海運に注文するのは筋が通っている。だが、電話をかける前に、チームはあらたな経歴をでっちあげる必要がある。オレゴン号はこれから、ヒューストンを出港したパナマ船籍の〈クローネンウェス〉に扮する。世界中――とカトラキスの造船所――が受信できるように、あらたなAISプロファイルを発信する。あらたな偽造記録では、〈クローネンウェス〉はブルガリア向けの重機を運んでいることになる。

オレゴン号の美術部がただちに新しい船荷目録、乗組員名簿、ライセンス、保険、税関向けの書類などをプリントした。大がかりな作業だが、何年も経験を積んでいるし、特製のソフトウェア、公式な書式と印章のテンプレート、データベースを駆使して、きわめて効率的に行なうことができる。偽造がばれないように、書類には水の染みまでつけられた。

そして、コンピューターのキーボードをはじいて船体表面に通電することによって、オレゴン号の特殊なメタマテリアル塗装が、瞬時に黒と白の配色に変わるはずだった。

一時間後、〈クローネンウェス〉の変身は完了し、あらたな身許が世界中に送信されたあとで、マックスは衛星携帯電話で造船所に電話し、推進機構に不具合があると伝えた。必要な部品のシリアルナンバーを告げて、手にはいるかどうかきいた。

これの在庫はありますか?

驚いたことに、在庫はあった。

55

オレニヤ湾
GUGI

　最上階のスイートには大きな窓があり、アルテム・ペトロシアン博士は、オレニヤ湾の全景を見ることができる。官公庁の政治の難解なアルゴリズムでは、この景観が自分の権威と独自なスキル一式への評価なのだろうと、ペトロシアンは思った。じっさい、ロシア国家とことによると世界史に対する彼のほんとうの値打ちを、まったく反映していない。

　けさもペトロシアンの視界は厚い霧に遮られ、半透明の灰色の蓋をかぶせられているような心地だった。その感覚のせいで、額に玉のような汗が浮かんでいた。ペトロシアンは、無意識に呼吸パターンを変えた。心理療法で身につけた反応だった。重度の閉所恐怖症を軽減するために、若いころは向精神薬を投与されていた。軍隊のなかでもっとも閉所恐怖症に襲われそうな潜水艦戦のために雇われたのだから、なんとも皮肉な状況だと思った。

さいわい、棺桶《かんおけ》のような原子力潜水艦に乗り組まずにすんでいる。ペトロシアン博士は、ロシアでもっとも先進的な潜水艦〈ペンザ〉と、カニオン魚雷も含めた関連システムのAIコンピューターのソフトウェアプログラマーだった。人生のこの二十年間、コンピューターの画面を見つめ、現代の戦争を画期的に変える無数の行のコードを書いていた。

アルメニア人の血を引くペトロシアンは、ソ連海軍将校の息子として、レニングラードで生まれた。ヴァン・ダイク風顎鬚と鉄縁の丸眼鏡のせいで、白髪になったトロツキーのように見える。仕事人生に完全に没頭しているので、妻帯したり子供をこしらえたりする時間はなく、そのつもりもなかった。馬鹿者には耐えられないし、公の社交には参加せず、スポーツや映画のようなつまらない気晴らしで時間を無駄にしたくなかった。唯一の悪癖は天文学で、至福の孤独を味わいながら、遠い星々の機械のような動きを観察した。

人付き合いに失敗したにもかかわらず、ペトロシアンは生まれつきの才能と仕事量のおかげで、めきめきと昇進した。感服した上司が適性報告書に、〝きわめて的を射た合理性を備え、本人が書くコードのように冷静で有能〟だと評したことがある。ペトロシアンはその賞賛を胸に畳んだ。

コンピューター科学者のペトロシアンは感情的な人間ではないので、自分より劣る人間の評価など求めていなかった。それよりも、自分の仕事に対して適切な報酬を受け取るべきだと考えた。ロシア政府はけっしてそういうふうに報いてはくれないだろう。どこの政府でもおなじだ。かといって、起業家になるか、ありふれた労働者のように民間セクターで専門知識を売り込むのは、体面にかかわる。

そこで、ダヴィド・ハコビアンと取引した。

ペトロシアンは、トルコ人をことに憎んでいるわけではなかったが、哀れだとも思わなかった。歴史は過去の出来事だ。トルコ人はアルメニア人に対する犯罪を行ない、責任をとらなかったし、これからも責任を取らないだろう。イスタンブールを破壊するのは、復讐ではない。方程式のどちら側もおなじ数字にならなければならないという二進法数学の問題にすぎない。ヘブライの神の言葉は、それをみごとにいい表わしている。目には目を、歯には歯を、手には手を、足には足を。

だが、ペトロシアンにとってもっとも重要なのは、金持ちになるとともに、自分よりも劣る雇い主自身の超強力兵器《スーパーウエポン》を彼らに対して使って、自分の優位を実証することだった。ハコビアンはその両方を達成するのに役立つ、完璧な仲介人だった。

ペトロシアンは、馬鹿でかいコンピューターモニターの前で豪華な重役用椅子に座り、彼の部門を指揮している粗野な道化が、スイートの外のフロアで美しい女たちといっしょに笑い、冗談をいっているのを、ちらりと見た。この裏切り行為がついに暴かれたときに、あの男がどれほどびっくりした顔をするか、想像できた。あいにく、それを見ることはできない。そのときにはここから遠く離れているし、ロシアは生き延びることができないような世界戦争に巻き込まれているはずだ。たとえロシアが生き延びたとしても、この施設はＮＡＴＯの通常兵器と核兵器の攻撃目標リストの上のほうに載っている。

ペトロシアンには、心配する理由はひとつもなかった。万事、ペトロシアンが入念に立てた計画どおりに進んでいる。〈ペンザ〉の乗組員は何日も前に死に、カニオン魚雷はスエズ運河を通って運ぶために貨物船に積み込まれた。六カ月前にペトロシアンは、イスタンブールが破壊される予定の前日から、天体観測のためにアンデスの僻《へき》地《ち》へ行く長期休暇を申請していた——大事件が起きたときに不在で連絡がとれないのを、怪しまれることはない。そのときにはもうタイで無名の一個人として、ハコビアンの巨額の報酬で遊び暮らしている。

考えにふけっていると、下っ端のプログラマーが部屋に駆け込んできた。

「ペトロシアン博士！　聞きましたか？」

ペトロシアンは空想から醒めた。かなり不機嫌になり、椅子をまわして、うしろを向いた。

「なにを聞いたというんだ?」ペトロシアンは、プログラマーの肩越しにちらりと見た。外のフロアでは、あわてふためいた動きが起きていた。だれもが電話をつかみ、キーボードを叩き、あちこちへ走っていた。

「〈ペンザ〉が――行方不明なんです!」

ペトロシアンは、パニックで背すじが緊張するのを感じた。ふるえそうになるのをこらえ、また椅子をまわした。

「行方不明とは、どういう意味だ?」

「ヴォールコフ提督がけさ無線で呼び出そうとしたんですが、応答がありません」

「応答がないのがあたりまえだろう。〈ペンザ〉はあと三十五日間、無線封止を命じられている」

プログラマーが、察しの悪い子供を相手にしているように首をふった。

「わかってませんね」秘密を打ち明けるように、声をひそめた。「提督は、ヴォールコフ艦長と秘密の約束をしていたんです――」

「息子だな」ペトロシアンは遮った。「馬鹿なじじい、なにをやった?」

「まったく馬鹿です。きょう〈ペンザ〉が浮上して、ヴォールコフ艦長が娘に誕生日おめでとうをいえるように、ふたりで非公式に取り決めてたんです」

「正気の沙汰ではない！」ペトロシアンは、自分の声の激しさにはっとした。話を聞かれたのではないかと恐れて、下っ端のプログラマーが蒼《あお》ざめた。聞かれていた場合のために取り繕った。

「愛情深い祖父のやることです。責められませんよね」

「その通信によって、〈ペンザ〉が識別され、位置がわかるおそれがあった。〈ペンザ〉の高いステルス能力で敵を不意打ちするのが、機動演習の目的だった。インド洋のどまんなかで誕生日を大声で祝うなど、もってのほかだ」

プログラマーが用心深く片手を挙げて、ペトロシアンに大きな声を出さないよう促した。

ペトロシアンは気を静めた。すべてが失われたわけではない、いまのところは。

「応答がない理由は説明がつく」ペトロシアンはいった。「〈ペンザ〉の機器が故障したにちがいない。機関、通信――なにかが」

プログラマーが首をふった。「浮上して修理を行なうというのが、重大なシステム故障の場合の作業手順です。衛星を該当する水域に位置変更しました。〈ペンザ〉は、あらかじめ定められた進路のどこでも浮上していません」

「提督は逃亡を考慮したか？」

ロシア海軍は、『レッド・オクトーバーを追え』のような大失態を、核兵器の第一次攻撃とおなじくらい恐れている。ヴォールコフがその事案想定《シナリオ》を考慮していなかったようなら、それをほのめかしておいてもいい。疑惑をそらすために、あらゆることを持ち出そう。

「ヴォールコフ提督は、すでにその可能性を否定し、〈ペンザ〉と乗組員が行方不明になったと宣言しました」

ペトロシアンは、椅子に背中をあずけた。血の気のない白い手で顔を覆い、目をぎゅっと閉じて、曲げた指のあいだから深く息を吸った。

下っ端のプログラマーは、〈ペンザ〉の乗組員が行方不明になったことで呆然《ぼうぜん》としているのだろうと思い、上級ソフトウェアエンジニアのペトロシアンのそばを離れた。じつは、ペトロシアンは激しい閉所恐怖症の発作と闘っていた。世界が棺桶の蓋のように上から迫っていた。

何度か深く息を吸うと、亀裂《きれつ》が生じていたペトロシアンの意識がはっきりしはじめた。計画はいまだにこれっぽっちも損なわれていない。馬鹿なヴォールコフが予定表を狂わせただけだ。ハコビアンの金はいまも口座にあるし、〈ペンザ〉は海底の墓場にあってなんの問題にもならない。カニオンは悲運に見舞われる目的地へと運ばれている。ペトロシアンにとって心配な問題は、ふたつだけだった。

どうすれば疑惑を免れることができるか？

さらに重要なのは、連邦保安庁《FSB》によって投獄され、拷問《ごうもん》され、殺されるのを、どうやって免れるかということだった。

予定の休暇がはじまるまで仕事をつづけるのが、賢明な行動だった。そうすれば、注意を惹くことはない。だが、その戦略にはリスクが伴う。

最近のFSBはきわめて優秀だ。情け容赦がない捜査員のチームが、すでに出動しているにちがいない。この施設の人間すべてを彼らが訊問《じんもん》する。まず最上階からはじめるだろう。ペトロシアンは、最初に事情を聞かれる幹部のひとりになる。

ペトロシアンは、嘘発見器を恐れてはいなかった。何度も打ち負かしたことがある。心配なのは、不確定要素だった。ヴォールコフの身勝手な行為は、本人の死だけではすまず、疑惑の渦巻きにペトロシアンをひきずり込むおそれがあった。

それに、ハコビアンのこともある。イスタンブール攻撃後に、こちらを殺すつもりなのは明らかだった。ハコビアンがこれほどの歳月、逮捕されず、刑務所にも送られていないのは、犯罪の証人になるおそれがある人間をすべて殺してきたからだろう。だから、ハコビアンの殺し屋が騙《だま》されてコスタリカへ行き、無駄足を踏むように、デジタルのパンくずをわざと残しておいた。

だが、事情が変わった。痩《や》せこけたギャングのハコビアンは、ロシアのインテリジェンス・コミュニティの情報を手に入れることができる。〈ペンザ〉がすでに行方不明のリストに載り、沈没したと推定されていることを知ったら、ハコビアンはただちに口封じのための暗殺者を派遣するにちがいない。

そうだ。そのために、ハコビアンもまた不確定要素になる。ヴォールコフは、精密に調整してあったペトロシアンの機械の歯車に、砂を投げ込んだ。ハコビアンもそういうことをやりかねない。いまこの問題で、論理的な選択肢はひとつしかない。

当直のあいだ、きちんと働き、退勤するときには悲しんでいる幹部にお悔やみをいい、家に帰る。そして、予備の非常用の計画を実行する。

これ以上の予想外の展開を防ぐために、自由な人間として、午前零時前にフィンランドに到着するのだ。

56

ファロス島

ファロス島は、古代の貿易と水運の航路が交差するエーゲ海のまんなかにある輝く宝石のひとつだった。海岸線沿いの白い漆喰と青い屋根の小ぶりな家々は、観光のパンフレットの写真そのものだった。だが、港の上にある街の樹木がない斜面には、壮麗な建物が上のほうまで建ち並び、ローマやヴェネツィアに加えて、ムーア人の影響まで受けている島の歴史を物語っている。島のもっとも高いところにある最古の建物は、崩れかけた石造りの灯台《ファロス》で、ギリシャ・ペルシア戦争時代からあり、島の名前にもなっている。

〈クローネンウェス〉ことオレゴン号は、混雑しているカトラキス造船に近い鮮やかな青の水面に投錨した。接岸場は翌朝にならないと空かない。

カブリーヨにとっては、そのほうが好都合だった。

　通常の機関停止を行なうふりをしてから――オレゴン号のハイテク推進機関は船舶用燃料ではなく電気で運転される――煙発生装置を切るよう命じて、偽の煙突から吐き出される人工の煤《すす》けた黒煙をとめた。

　数分後にカブリーヨとマックスは、鈎柱《ダヴィット》からロープで吊られた全長六メートルのいまにも壊れそうな救命艇に乗った。ふたりともグリースにまみれたオーバーオールを着て、指の爪《つめ》には機関の汚れがこびりついていた。甲板員ふたりが滑車を使って、救命艇を水面におろした。救命艇をカトラキス海運のいちばん近い桟橋につなぎ、ふたりは使い古された長い階段を昇った。

　上に行くと、カトラキス海運のロゴ入りの電動ゴルフカートに乗って笑みを浮かべている中年のギリシャ人に出迎えられた。その男はおなじロゴ入りのブルーと白の新品同様のオーバーオールを着て、汚れひとつないブルーのヘルメットをかぶり、毛むくじゃらの太い手首に、〈ロレックス〉の時計をはめていた。爪にはマニキュアがほどこされていたが、戦闘もできそうな男だと、カブリーヨは気づいた。

「デッカード船長かね？」

「図星を突かれた《ギルティ・アズ・チャージド》」カブリーヨは、精いっぱいテキサスなまりを押し通していった。

ふたりは握手した。カブリーヨはマックスを指差した。「機関長のロイ・バッティだ」

「バッティさん、よろしく」

「こちらこそ」ふたりは握手した。「おれが電話で話をしたのは、あんたか？」

「こっちも図星を突かれたぜ。おれはステファノス・カトラキスだ。なんなりとご用に応じるよ」

　巨大な施設を指差して、カブリーヨは口笛を鳴らした。「あんたはこの事業全体を仕切ってるのか？　すげえな」

「兄のアレクサンドロスがカトラキス海運のＣＥＯで、おれは造船所のゼネラル・マネジャーだよ」セールスマンらしい笑顔で、ゴルフカートのリアシートを示した。

「ときどき運転手もやる」

「おれたちみたいなグリースまみれの男をわざわざ迎えに来てくれるなんて、ほんとうに親切だな」

「大小にかかわらず、どんな顧客でもいちばんだいじな顧客だよ」

「いや、あんたは命の恩人だ。ちかごろ足底腱膜《そくていけんまく》が悪くて、歩くのが苦痛なんだ」カブリーヨはいい、マックスとともにシートに座った。ふたりの重みで、ゴルフカートのショック・アブソーバーがうめいた。ふたりはステファノスに渡されたヘルメットをかぶった。

「つかまってくれ」

ステファノスがペダルを踏み、三人が乗るゴルフカートは、メインオフィスに向けてかなりの速度で走った。オレゴン号を離れる前に敷地全体の航空写真をあらためて見ていたので、だいぶ距離があるのをカブリーヨは知っていた。

さかんに作業が行なわれている広大な造船所のなかを、ゴルフカートは突っ走った。接岸場に繋留されているさまざまな大きさの船が修理され、船の建造にもさらに多くの設備や装備が使用されていた。

重機の音とハンマーやリベットガンの打音が、コンクリート面、大型倉庫、組み立て工場、修理工場のあいだで反響していた。騒音のためにステファノスと話ができないのが、カブリーヨとマックスにとってはおあつらえむきだった。ゴルフカートに乗ったままで、ふたりはなにもかも見てとった。ことに警備手段を観察した。造船所の陸地側はレザーワイヤーを上に取り付けた高い塀に囲まれているようだった。周囲の街の人間を締め出し、ことにこそ泥を防ぐための、いたって平均的な手立てだ。

何カ所かは海に向かってひらけていて、カメラで監視されていた。カブリーヨは、武装した警備員を六人見つけた。鮮やかなオレンジ色のつなぎを着て、ゴルフカートに乗り、広大な敷地の周辺をパトロールしている。警備はその程度だった。ボカ・ラトンでセレブがやるピックルボール・トーナメントでも、警備はここよりも厳重だ。高額な密輸品はここで保管されてはいないだろうというカブリーヨの推測が、裏付けられた。

巨大なクレーンが、スカイラインを占領していた。もっとも大きいのは、ゴルフカートがそばを通過していた最大の乾船渠《ドライ・ドック》三本それぞれにまたがっているガントリークレーン三台だった。まんなかのドックは空いていたが、あとの二本にはそれぞれ、艤《ぎ》装《そう》を終え、塗装されて、竣工《しゅんこう》間近の巨大なLNGタンカーが収まっていた。

LNGタンカーのもっとも目を惹く特徴は、ドックの四〇メートル上まで聳《そび》えている五つの白いドームだった。それらは液化天然ガスを収める球形のタンクで、クリスマスツリーの飾りとおなじように丸く、てっぺんにキャップがあるのも似ている。タンクの上半分はドックの縁《ふち》より高く、下半分はドック内だった。何本もの黄色いパイプが、積み出し口と積み込み口があるキャップとキャップを接続している。船のあとの部分は——船尾のブリッジから船首の檣楼《しょうろう》に至るまで——タンクの上の危なっかしいくらい高いところに設置されたグリーンの足場でつながっていた。

まんなかのドックが空なのは奇妙だと、カブリーヨは思った。そこに船が入渠《にゅうきょ》していたことを示す明らかな形跡があった。たぶん、LNGタンカーがもう一隻いて、竣工間近のあの二隻よりも優先されて竣工し、進水したのだろう。

遠くにヘリパッドがあり、駐機場に見慣れた機体がとまっているのを、カブリーヨは見つけた。声が聞こえるように、カブリーヨはステファノスのほうに身を乗り出した。

「あのおかしな飛行機がなにか、教えてくれ」

「アグスタウェストランド609だ。兄のアレクサンドロスが所有してる。兄がここにいたら、見せてもらえるだろう。ご自慢の飛行機だから」

「あんなものは見たことがない」

ステファノスがハンドルから両手を離し、両膝で運転した。

「ティルトローター機って呼ばれてる。翼の端のエンジンがこんなふうに角度を変えるからだ」――あいた両手を上に向けた――「飛行機からヘリコプターに変わり、その逆にもなる。飛行と着陸の状況しだいで」

「SFに出てきそうだな」

「いま運用されてるのは、ほんのひと握りだけだ。兄は最初に生産されたうちの一機を受け取った」

「おれも一機ほしい」

「数百万ユーロだし、手に入れるまで三年待たされる」

ステファノスがまたハンドルを握り、カブリーヨはシートに座り直した。

ようやく会社のオフィスビルに到着した。コンクリートブロックの地味な三階建てだった。ステファノスが先に立って、チェーンスモーカーの秘書の横を通り、奥の広いオフィスへ行った。自分の鋼鉄のデスクと向き合っている椅子二脚を指差した。デスクは、注文書が山積みになったトレイとノートパソコン一台で散らかっていた。

カブリーヨは、厚い鋼板を持ちあげているクレーンを、ステファノスのうしろの窓越しに眺めた。

「おふたかた、水を飲むか？　それとも紅茶か？」

「いや、結構だ」カブリーヨはいった。

ステファノスが煙草のパッケージを取って、ふたりに勧めた。

「煙草は？」

「いや、ありがとう」カブリーヨはいった。ステファノスのうしろのべつの壁ぎわに、床に埋め込まれた金庫があるのに気づいた。

役に立ちそうな情報がステファノスのところにあるとしたら、ノートパソコンか金庫か、あるいはその両方に収められているはずだ。

目標捕捉。

マックスが身を乗り出し、太い指でパッケージから煙草を一本出した。「吸ってもかまわないか？」

マックスが、癌の原因になる紙巻き煙草をくわえ、ステファノスが〈ダンヒル〉のライターでそれに火をつけた。

マックスが、満足げに煙草をふかした。「ありがとう《エフハリスト》」二、三種類の悪態を除けば、知っているギリシャ語はそれだけだった。元妻のひとりが、フロリダ州ターポンスプリングズの海綿採り漁師の娘で、汚い言葉をよく口にした（海綿はギリシャで潜水夫が採取することで知られている）。

「どういたしまして《パラカロー》」ステファノスが、自分の煙草に火をつけながら答えた。

カブリーヨは身を乗り出した。「われわれが電話で頼んだベアリングを見つけてくれたか？」

「ああ、もちろん。けさ倉庫から出した。取り付けに手伝いはいるか？」

「このロイがレンチの達人なんだ。しかし、積み込むのに接岸場を使わせてもらわないといけない」

「いいとも。第七接岸場が、あすの午前十時に空く」

「それはありがたい。乗組員たちが、あんたの美しい島でちょっとした保養慰労休暇《R&R》を楽しめる」

「街でいちばんいいレストランとバーのリストを渡そう。ホテルも。泊まるようなら」

「ありがたい」

「そのベアリングのことを教えてくれ。どうしてはずれたんだ？」

マックスが、居心地悪そうにもじもじした。「ベアリングが摩耗《まもう》した」

「おまえがちゃんと保守点検しなかったからだ」カブリーヨはいった。ステファノスに向かっていった。「こいつは機械が壊れたあとで直すのが上手なんだ」

「よくわかる」ビジネスチャンスだと察したステファノスがいった。保守点検が杜撰《ずさん》な船は、修理にかなり金がかかる。それに、この連中の船の状態からして、怠け者のアメリカ人からごっそり稼げると思った。

「教えてくれ、ロイ。最近、あんたの船の調子はどうだ？　出力が落ちてないか？　振動がひどくなってないか？」

マックスは肩をすくめた。「ああ、たしかに。プロペラシャフトのベアリングがいかれたときが、そうだった」

ステファノスが、同情するようにうなずいた。「そうだろう。あと、シャフトの調整ミスが考えられる。調整が狂ってると、出力が落ちて、振動がひどくなる。ベアリングが早く摩耗する」

マックスが、面目なさそうに顔を赤らめた。

「それは考えもしなかった」

カブリーヨは、笑いそうになるのをこらえた。これほど演技がうまいのだから、マックスは何年も前に潜入工作員に雇われてしかるべきだった。

カブリーヨは身を乗り出した。「シャフトの調整ミス？　潤滑油を注入するだけじゃすまないんだな」

ステファノスが、肩をすくめた。「きちんと調整するには時間と、われわれの施設のような工学の専門技術が必要だ。シャフトの再調整は非常に難しい修理だし、われわれの専門でもある」

あんたたちのウェブサイトの宣伝文句とおなじだと、カブリーヨは思った。

「乾ドックに入れるっていうことだな」マックスがいった。

「もちろんだ。さいわい、あんたたちの船が入渠できる大きさの乾ドックが、われわれのところにはある」

「ここに来るときに、乾ドックが一本空いてるのを見た」

「数日前に、竣工したばかりの船が進水した」

「LNGタンカーか？」

ステファノスが、眉をひそめた。「じつはそうだ。どうしてわかった？」

「あとの二隻を見た。LNGはハイテクだ。つまり、あんたたちの仕事は超一流だということだな。感心したよ」

ステファノスが、緊張を解いた。「じっさいそのとおりだ。ここはヨーロッパ全土でもっともすぐれた業務を提供する造船・修理施設なんだ」

「修理にはどれくらいかかる？」

「いくつかの要素しだいだが、時は金なりだというのはわかってる。だから二十四時間態勢で施設が稼働してる。できるだけ早く直すようにする」

「それを聞いてほっとした」

つまり、二十四時間だろう。

「アンタルヤへの航海にすでに遅れが出ている。ピレウスに戻ってくるときに寄って検査してもらうというのはどうだ？」

「いつ入渠できるか、予定を確認させてくれ」

ステファノスが身を乗り出して、ノートパソコンに四桁《けた》のパスワードを入力し、予定表を呼び出し、なにくわぬ顔できいた。「銀行送金にするか、それともわれわれとの取引口座を作るか？」

「われわれはすべて現金で取引するんだ、カトラキスさん」カブリーヨはいった。

「それなら割引もあるだろう？」

ステファノスが、肩をすくめた。「なんとかできるだろう。しかし、シャフトの再調整はかなり金がかかる作業だ」

「だいじょうぶだ。現金はたんまり持ってる」

それを聞いて、ステファノスの顔にへつらうようなにやにや笑いが浮かんだ。その手の修理には、数千万ドルかかる。

「乾ドックは来月の三日に空く。そっちの予定に合うか？」

「おれの記憶では、だいじょうぶのはずだ。仮予約しといてくれ」カブリーヨはいった。「船に戻ってから確実な返事をする」

「ドックの予約には、二〇パーセント保証金が必要だ」ステファノスが、金額をいった。

カブリーヨは、椅子から転げ落ちそうになった。船に乗っていなくても海賊なみにぼったくるやつがいる。

「あしたベアリングを受け取るときに、小切手帳を持ってくる」

「それで結構だ」

ステファノスが、戸棚のほうへ行って、扉を引きあけた。きれいに洗ってあるショットグラスとウーゾを持って戻ってきた。アメリカ人ふたりに飲むかともきかないで、注ぎはじめた。

カブリーヨとマックスは、よろこんでつきあった。

二杯目まで。

57

カブリーヨとともにウーゾを飲み干したあとで、マックスが断りをいって洗面所へ行き、オフィスのあとの部分を観察した。ふたりはオフィスを出て、オレゴン号に戻った。

ふたりがステファノス・カトラキスと会っているあいだに、エディーがオレゴン号の長距離光学望遠鏡で造船所周辺の警備手段を確認し、ハリ・カシムが施設内の携帯電話と無線の交信を傍受した。カトラキス海運の警備は甘かったし、カブリーヨとマックスが訪問中に警戒された気配もなかった。パイプラインが貧弱な警備態勢のこの施設を使って、何百万ドルもの値打ちがある密輸品や人間を運んでいるとは思えなかった。

カブリーヨは、無駄足を踏んだかもしれないと思いはじめていた。アルバニアのギャングのスピードボートにカトラキス造船所の船舶銘板があったのは、そこで造られたからにすぎない。カトラキス組織とアルバニアのマフィアのつながりは、それだけなのかもしれない。

それでも、手がかりはファロス島の造船所だけなのだ。

そこはパイプラインの積み替え地ではないのかもしれない。

しかし、ここが造船所と修理施設にすぎないとしても、カトラキス組織がほかの場所でパイプラインとつながっていないとはいい切れない。

見込みが薄いとしても、午前零時にステファノスのオフィスを訪問するのが、最善の策だった。

ステファノス・カトラキスがいったとおり、造船所は二十四時間態勢で稼働していた。

真夜中の闇のなかで、切断用トーチの火花が、高い足場から花火のように降り注いでいた。フォークリフトが揺れながらガタガタ音をたてて造船所内を行き来し、巨大なクレーンが大きな荷物の重みでうめいた。それらの騒音と激しい動きが、格好の掩蔽《カヴァー》になる。

カブリーヨは、チームをできるだけ少人数にすることにした――カブリーヨとエディー・センのふたりだけだった。簡単な仕事だし、上陸する人間がすくないほうが、発見されにくい。

カブリーヨとエディーは、遠い桟橋の下で、階段のいちばん低い段にそっとあがって、ダイビング器材をはずし、見えないところに隠した。エディーの防水バッグから、カトラキス海運のロゴ入りのオーバーオールの作業服とヘルメットとブーツを出した。いずれもニクソンのマジックショップがこしらえたものだった。ニクソンは念を入れて、それらの品物が使い古されて汚れているように見せかけ、権威を強調するために端が曲がっている社章までこしらえていた。

カブリーヨはもうひとつの防水バッグをあけて、本物に見せかけるために俄作《にわか》りのロゴのステッカーを貼《は》ってあるプラスティックの小さな工具箱を出した。

元CIA工作員のふたりは、仕事をはじめる準備ができた。

「ちょろいもんさ」友人のリンクのことを思いながら、カブリーヨはモラーマイクでいった。きわめて困難な状況で危なっかしい立場にあるとき、大男のリンクがいつも口にする台詞だった。元SEAL隊員のリンクがいまここにいてくれたらいいのにと、カブリーヨは思った。ジョンズ・ホプキンス病院からの最新報告では、リンクは女性看護師といちゃついているという――いい兆候だ。

エディーが、カブリーヨの台詞に気づいてうなずいた。「わたしも彼がいなくて淋《さび》しい。行きましょう」

カブリーヨが親指を立てると、エディーが階段を駆けあがった。カブリーヨはすぐうしろにつづいた。

カブリーヨとエディーは、ほかの作業員とおなじように仕事中だと見せかけ、いくぶんのんびりした態度で造船所を通っていった。怪しまれるような動きをせずに、だれにも近づかないようにしながら、暗がりを歩いた。

何事もなくオフィスビルに着いて、カブリーヨがピッキングの道具でドアの錠前をなんなくあけた。明かりはつけず、フラッシュライトの赤い光を頼りに進んでいった。オフィスには煙草のにおいが染み付いていた。

オフィスの防犯カメラのことは心配していなかった。マックスが洗面所へ行ったときに、警備システムのデジタル記録装置が奥の小部屋でプリンターのとなりにあるのを見つけていた。エディーが持ってきた磁石で、それを消去した。ステファノスがハードディスクを調べたとしても、ハードディスクの不具合で消去されたのだろうと思うはずだった。

ステファノスは、専用オフィスを施錠していなかった。ノートパソコンは先刻カブリーヨが見たままの場所にあり、金庫の扉はいまも閉まっていた。

エディーがデスクへ走っていって、ノートパソコンのキーボードを叩いた。スクリーンがすぐさま明るくなった。さいわい電源がはいったままだったので、貴重な時間が節約できた。エディーはさまざまな電子装置がはいっている小さな防水バッグをあけて、どんなコンピューターにも接続できるＮＳＡのハッキングツールが詰め込まれている、ＵＳＢメモリー型の装置を出した。それをノートパソコンの最速の接続部であるサンダーボルト・ポートに差し込んだ。

「記録装置を磁石で消去しているあいだに、ハッキングが開始されます。そのあとで、ファイルキャビネットを調べます」エディーが、ドアから出ながらいった。

カブリーヨは、金庫のそばでしゃがんだ。すでにプラスティックの工具箱をあけて、マーフィーが金庫破りロボットと呼んでいる風変わりな装置を出していた。天才的な兵器設計者のマーフィーが、オープンソースのアルドゥイーノ・ソフトウェアをダウンロードし――オンラインの金庫破りコミュニティがあるとは驚きだった――サーボモーターやマザーボードなど、ＩＴ科にあるスペアパーツを使って、数時間でこしらえた。

マーフィーは、そのロボットをカブリーヨの列車用金庫でじっさいにためした。〝腕力〟の応用だと、マーフィーはそのときに説明した。つまり、ロボットは考えられる数字の組み合わせをすべて試し、正しい組み合わせを見つけるのだという。

「でも、順列組み合わせの数が天文学的数字なんです」マーフィーは説明した。「だから、候補を蓋然性《がいぜんせい》の高い範囲に絞るアルゴリズムをダウンロードしました。組み合わせをすべて試すのには何日もかかるけど、これならたいがい二時間以内に見つけられます」

カブリーヨにはその数学がいまだに理解できなかったが、すばらしい名案だというのはわかった。金庫破りロボットは磁石でカブリーヨの列車用金庫の扉にくっつけられ、調整可能な締め具がダイヤルに取り付けられた。ロボットは二分以内に組み合わせを見つけて、錠前がカチリとあいた。

「なんでもこんなふうにうまくいくのかな？」カブリーヨはきいた。

「旧式のアナログ式文字合わせ錠なら、所要時間はこの六割程度。新しいデジタル式にはまったく歯が立ちません」

カブリーヨは、ステファノスのオフィスの金庫の種類や型をマーフィーに教えることができなかったが、旧式にちがいないと確信していた——コンピューターや電子機器に護られてはいないだろう。ベークライトのダイヤルをまわし、レバーを動かしてあけるだけだ。

カブリーヨがステファノスの金庫にロボットを取り付けて、電源を入れたとき、エディーが戻ってきた。

「ハードディスクの電源を切って、消去しました。もう安全です」

「すばらしい」

金庫破りロボットがダイヤルを左右にまわし、そのたびにサーボモーターがうなり、カチカチ音をたてた。

「銀行強盗をやっているみたいですね」ファイルキャビネットの鍵《かぎ》をあけるためにピッキングの道具を出しながら、エディーがいった。

「ブッチ・キャシディと〈アルドゥイーノ〉をいじくる子供は、おなじ一味にはなれそうにない」

エディーがたくみにファイルキャビネットの鍵をあけ、引き出しをあけはじめた。

「数字だけを探します。わたしのギリシャ語はたいしたことがないので」中国系アメリカ人のエディーは、フォルダーを漁りはじめた。

「おふたりさん、敵が近づいている」ハリ・カシムが通信装置で報告した。

マックスが答えた。「いまあんたたちがケツをあげたら、三十秒っていうところだろうな」今夜はオレゴン号をマックスが指揮していた。

カブリーヨは金庫のほうを見た。ロボットはまだダイヤルをまわしていた。カブリーヨは決断した。

「なにか見つけたか？」ロボットの電源を切りながら、カブリーヨはきいた。

エディーが、ファイルの引き出しを勢いよく閉めた。「なにも。でも、調べはじめたばかりです。ここを出ないといけない」

カブリーヨは、金庫破りロボットを持ちあげて工具箱にしまった。エディーはハッカーUSBメモリーをノートパソコンから抜いて、ポケットに入れた。

カブリーヨは、ロボットがはいっている工具箱を、エディーの手に押しつけた。

「ずらかれ。わたしが掩護する」

「でも――」

「計画どおりにやれ」

エディーがうなずき、オフィスから駆け出して、ビルの裏口に向かった。カブリーヨは、ステファノスのデスクから煙草を一本取り、正面ドアを目指した。ドアが勢いよくあいて、筋肉隆々の武装警備員ふたりが押し入ってきた。短い自動火器の上のフラッシュライトを顔に向けられ、カブリーヨは目がくらんだ。三人目がはいってきて、天井の照明のスイッチを入れた。

カブリーヨが煙草の煙を吐き出したとき、ステファノス・カトラキスがはいってきた。ステファノスは、驚くとともに、激怒していた。

カブリーヨは、煙草を吸いながら肩をすくめた。「さっき勧められた煙草を吸おうと思ってね」

吸い殻でいっぱいの秘書の灰皿で煙草を揉み消したとき、カブリーヨは警備員ふたりに手荒く床に押し倒された。

58

カブリーヨは、膝の上で両手を結束バンドで縛られ、足首を結束バンドで椅子につながれて、鋼鉄の椅子に座っていた。
オフィスビルの地下にある狭い監房で、ステファノス・カトラキスがカブリーヨの前を行ったり来たりしていた。コロンのきついにおいが漂い、ステファノスの目の縁が赤いことから判断して、侵入があったと連絡を受けたときには、女友だちをもてなしていたにちがいない。ここに来るのに、スエットパンツとTシャツを着るひましかなかったのだ。片方の小指で、ダイヤモンドの指輪が光っていた。

ギリシャ人のごろつきたちが、カブリーヨのボディチェックをやって、モラーマイクのワイヤレス無線機をポケットから引っぱり出し、首に巻いたアンテナも奪った。その一秒後には、カブリーヨの上の臼歯《モラー》にマイクが取り付けてあるにちがいないと、いちばん醜い男が気づいた。男の汚れた長い指で口のなかを探られる前に、カブリーヨは舌でマイクをはずして、床に吐き出した。

「もう一度きく。おまえのほんとうの名前と、ここに来た理由は？　それに、〃デッカー〃とかいうでたらめ《スクバラ》は聞きたくない」

映画『ブレードランナー』の主人公デッカードをもじった名前だとステファノスが気づいたかどうか、カブリーヨにはわからなかった。

「名前はデッカーだ。なにをいえっていうんだ？」

「身分証明書は？」

「〈クローネンウェス〉の船室に置いてきた」

「おまえの船を捜した。いなくなってるし、ＡＩＳ信号も発信してない。なにがあったんだ、船長？」

「おれ抜きで行っちまったんだろう。ロイは忘れっぽいから」

バシッ！

ステファノスのバックハンドは猛烈に痛かった。小指にダイヤモンドの指輪をはめているからだ。カブリーヨの口の端は、血の味がした。

「ひどいじゃないか。取引はほかの会社とやるかもしれない」

バシッ！

二発目は拳骨《げんこつ》だった。ステファノスがカブリーヨを思い切り殴ったせいで、椅子がうしろに傾き、ひっくりかえりそうになった。カブリーヨは涙がにじむ目で星を見た。

怒りがアドレナリンのように体を突き抜けたが、カブリーヨは激情を抑えた。

「モラーマイクを付けてる船長などいない」

「いるさ。あんたがびっくりするくらい」

「貨物船が傭兵の作戦の偽装に使われているという噂がある。おまえもそうだろう? 傭兵だな?」

「だれかとまちがえているんじゃないか」

「なにを盗みにきた?」

「いっただろう。煙草が一本ほしかった」

バシッ!

「警察を呼べ、カトラキス。いや、アメリカ大使館に電話してもらったほうがいい。こっちには権利がある」

「だれに雇われた? 連邦保安庁《FSB》か? 連邦情報局《BND》か? 対外治安総局《DGSE》か?」

「よくわからない。ヒントをくれないか?」

ステファノスがまたバックハンドで殴った。カブリーヨは顔をまわして打撃を和らげたが、鋭利な指輪が目尻《めじり》に当たった。

ステファノスが、痛めた手をさすった。「警察は呼ばない。大使館もだ。権利なんかない」身を乗り出し、カブリーヨが煙草とウーゾのにおいの息を嗅げるほど、顔を近づけた。

「おまえのところに来るのは、友よ、地獄だけだ」

ステファノスが監房のドアを叩きつけるように閉めて、電子ロックをかけた。カブリーヨは独り残され、天井のLEDライト一個が上から睨みつけていた。

その監房は狭かったが、意外なくらい清潔で、ふつうの刑務所の独房とは異なっていた。電子ロック、監視カメラ、LEDライトがあるハイテクな造りだった。

鍵がかかっていないオフィスや、ビルの粗末なロックという策略にひっかかったことを、カブリーヨは悔やんだ。よく考えてみれば、つじつまが合う。フォート・ノックスのように厳重に防御されていたら、フェンスの奥に黄金があるにちがいないと思われる。

モラーマイクを失ったのを、さっきは嘆いたが、どのみちこの部屋には、そういうたぐいの通信に対する電子妨害装置があるにちがいない。

ステファノスの部下のごろつきに時計を奪われたが、捕らえられてから一時間ぐらい過ぎたにちがいないと、カブリーヨは判断した。結束バンドで縛られたとき、銃声を聞いていないので、エディーは逃げたはずだと思った。ステファノスがエディーのことを質問しなかったのも、いい兆候だった。

エディーがオレゴン号に戻ったとすると、計画がそろそろ開始されるはずだ。

そう思ったのが合図だったかのように、天井のLEDライトが消えて、ドアの電子ロックがカチリという音とともに開錠された。

仕事に取りかかる時間だ。


計画では、カブリーヨが一時間たっても帰船しなかった場合には、オレゴン号が造船所に接近して、マイクロ波を使用する衝撃波砲で攻撃を開始し、電磁パルス《EMP》の嵐《あらし》を浴びせることになっていた。カブリーヨはいま、真っ暗闇のなか、結束バンドで縛られ、動けずにいる。

どうということはない。

カブリーヨは、両手を合わせて祈るような形で顔の前に持ちあげ、膝に激しく打ちつけて、結束バンドをまるで輪ゴムのように切った。手が自由になると、オーバーオールの裾《すそ》から結束バンドをはずした。戦闘用義肢の隠し場所をあけて暗視ゴーグルを出し、電源を入れて、鋸刃《のこば》の〈ベンチメード・グリップティリアン〉折り畳みナイフを抜き、刃をひらいた。べつのものもそこから出して、前のポケットに押し込んだ。

念のために。

まったく光源がない地下室に閉じ込められているので、暗視ゴーグルは内蔵の赤外線ライトによって機能していた。それによって優位に立てる。目が見えない酔っ払いみたいに転ぶこともなく、猫のように動ける。

それらの機器がＥＭＰの影響を受けていないのは、地下にいるからだった。監房のライトとドアのロックもそれはおなじだが、電源は地上にあり、マーフィーの衝撃波砲で機能しなくなった。

足の結束バンドをはずすと、カブリーヨは音をたてずに監房を出た。数メートル離れたところで、武装したごろつきのひとりが、拳銃を抜き、手探りで監房のドアを目指してよろめき進んでいた。無線で呼びかけていたが、通信は途絶していた。

カブリーヨは、足音を聞きつけたその男が向きを変えたとき、物蔭によけた。男が拳銃で撃ちはじめたが、すさまじい勢いで閃いた銃口炎で目がくらみ、弾丸が大きくそれた。カブリーヨは、まごついている男に向けて突進し、角張った顎を思い切り殴った。男が体を丸めて床に倒れた。カブリーヨは男の拳銃を奪い、発射できないようにして、弾倉を投げ捨てた。

カブリーヨの暗視ゴーグルはＤＡＲＰＡが考案した特殊なレンズを備えているので、突然のまぶしい閃光《せんこう》から目を守れるが、銃声が熱した火搔き棒のように鼓膜を襲った。つぎの機会には、電子的にノイズを軽減できるイヤホンを義肢に入れておこうと思った。

階段を急いでおりてくる男の頑丈なブーツの足音が聞こえた。べつの武装警備員がやってくる。

カブリーヨは、階段室の閉じたドアの蔭にはいり、なにも見えないのにドアから突進してくる勇敢な男を待ち構えた。

カブリーヨは警備員のこめかみをナイフの柄《え》で殴りつけ、ガツンという音とともにその男が倒れた。カブリーヨは単銃身のカービンを床から拾いあげ、階段を駆けあがった。

59

カブリーヨは、カービンを高く構え、身を低くして角をまわりながら、階段室を出た。隠密脱出という方法はもう使えないので、銃弾を雨あられとばらまく用意をしていた。

だが、その部屋に敵はいなかった。

やはり暗かったが、煙草の煙で汚れた窓から細い月光が射していたので、暗視ゴーグルで映画の場面のような光景が見えた。

造船所全体が停電しているだけではなく、オレゴン号の正面にある村でも停電が起きていた。あいにく、トランス、電子レンジ、車のコンピューターもかなり故障しているにちがいない。ありがたいことに、島の病院は山の向こう側にあるし、予備電源は保護されている。ちょっと力仕事をやれば、島全体の電力供給は二十四時間以内に完全に復旧するはずだった。

カブリーヨは、物蔭から出ないようにして、壁伝いに進んでいった。造船所はほとんど闇に包まれていた。操業が停止するなかで、作業員たちが足場などの危険な場所にいる仲間の作業員を助けるために、あわただしく動きまわっていた。金属のぶつかる音、怒りのこもった悪態、ホイッスル、命令が、あたりに鳴り響いていた。工具箱やロッカーのなかにあってＥＭＰから護られていたフラッシュライトが、しだいに点灯された。造船所が明るくなりはじめ、カブリーヨの脱出を妨げるようになった。練度の高い武装警備員が近づいてくるぼんやりした動きが見えた。

ソリッドステートを使う電子機器は死んだ。だが、コンピューター時代以前の古い車は、巨大な工業用フォークリフトも含めて機能していて、カブリーヨの見通し線内でガタガタ走っていた。ルーフのない運転台に乗った男が、ハンドルの上で背を丸めて、前を見ようと目を凝《こ》らしていた。ヘッドライトが暗く、たいして役に立っていなかった。闇のなかで人間か物にぶつからないように、時速三キロメートル程度でのろのろ走っていた。

カブリーヨは、カービンの負い紐《ひも》を締めて上半身に固定し、フォークリフトに向けて突進した。フォークリフトの金属製ステップをしっかり踏み、鉄棒の懸垂《けんすい》の要領でオーバーヘッドガードをつかんで、破城槌《はじようつい》のような勢いで足から運転台に跳び込み、運転していた男を座席から突き飛ばした。男がドサッという音とともに、舗装面に落ちた。

座席に落ち込んだカブリーヨは、体を支えるためにハンドルを握った。暗いヘッドライトを消した。暗視ゴーグルを使ったほうが、遠くまでよく見える。

カブリーヨはうしろをちらりと見て、落ちた男が重傷を負っておらず、倒れているのが危険な場所ではないことをたしかめてから、アクセルを踏み込んだ。大型のフォークリフトが前進し、ダブルになっている前輪の空気式《ニューマティック》タイヤのゴムが焼けるにおいがした。カブリーヨが桟橋に向けてハンドルを切ったとき、自動火器の銃火が閃いた。速度をあげて遠ざかろうとするフォークリフトのカウンターウェイトに銃弾が突き刺さった。旧式のフォークリフトが速度抑制装置や回転数制御装置《ガヴァナー》を備えていないのがありがたかった。ディーゼルエンジンが咆哮して、速度があがった――時速五〇キロメートルを超えて、どんどん加速していた。

また銃弾がフォークリフトに当たる音が聞こえた。カブリーヨはちらりとうしろを見た。もっと大きくて速いフォークリフトが追いつこうとしていた。ライトは消してある。運転手と射手は、ＥＭＰの嵐の影響を受けなかった暗視ゴーグルを確保したにちがいない。

カブリーヨはアクセルを踏んだ。桟橋まで、まだかなりの距離がある。暗視ゴーグルがあるので、混乱し、闇のなかでよろけている作業員を見るのになんの問題もなかった――しかし、作業員たちにはカブリーヨのフォークリフトが見えない。彼らを轢《ひ》き殺さないように、よけながら走らなければならなかったし、速度が出ているので、ときどき車輪が路面から浮いた。

突然の悲鳴と胸が悪くなるようなドサッという音が聞こえ、カブリーヨがふりかえると、追ってくるフォークリフトが哀れな作業員を圧《お》し潰《つぶ》して乗り越えていた。追跡によってひとを殺したことを、運転していた男はまったく気にかけていなかった。

カブリーヨは、エディーとともに浮上して器材を隠した栈橋に向けて、ハンドルを切った。銃弾が目の前でフォークリフトのマストライトに当たり、火花が散った。被甲弾の破片が顔に当たって痛かったが、搔き傷程度だった。カブリーヨはハンドルの上にかがみ、作業員や障害物を避けるために、頻繁に向きを変えて蛇行した。

うしろで金属がぶつかる音がして、フォークリフトが激しく揺れた。肩越しに見ると、急追していたフォークリフトのフォークが一本、うしろの頭のすぐそばで垂直の支柱に激突していた。カブリーヨはハンドルを切ったが、カブリーヨの運転手もおなじようにしてついてきた。首を切り落とそうとして長いフォークが突き出されたとき、カブリーヨはとっさに身をかがめた。それたフォークが、左の垂直の支柱に激突した。

ギリシャ語の叫び声が聞こえた。カブリーヨにはギリシャ語はわからないが、口調はわかる。一瞬うしろを見て、思ったとおりだとわかった。ふたり目の武装警備員が、フォークの上によじ登り、荷物を載せる部分をつかんで、もっと近づけと運転手にどなっていた——カブリーヨのフォークリフトに跳び乗って捕まえるつもりなのは、明らかだった。もっと恐ろしい狙いがあるのかもしれない。

カブリーヨは、カービンの負い紐を右手でゆるめて、左手でハンドルを握り、追ってくるフォークリフトを運転している男に、また曲がろうとしているのだと思わせようとした。負い紐がゆるむと、カブリーヨは腋《わき》の下でグリップをねじった。銃身が目当ての方向に向いたと思ったときに、発砲した。

連射された弾丸は、だれにも当たらなかった——当てることが目的ではなかった——だが、銃口からたてつづけに放たれた閃光で、暗視ゴーグルをつけたうしろの男たちは、目が見えなくなった。それがカブリーヨの狙いだった。

運転手がハンドルから手を離し、なにも見えなくなった目を押さえた。前輪が一枚の鋼板の端をひっかけて、そのせいでハンドルをとられた。重心が高いフォークリフトが、金属の激突する音とともに転覆し、銃手は頭から舗装面に落ち、運転していた男は、運転台の下敷きになった。

車輪が最後の栈橋に達したところで、カブリーヨは鋼鉄のフロアボードまでめいっぱいアクセルを踏みつけた。フォークリフトが、栈橋の板をドラムの連打のように鳴らしながら突っ走った。カブリーヨは前ポケットに手を入れて、装置——超小型非常用エアタンク——の蓋をはずし、口に入れた。

フォークリフトが体から離れていくのがわかった。桟橋の端を越えて、下の海に向けて落下していた。すさまじい勢いで墜落して水面にぶつかる前に運転台から脱け出そうとして、カブリーヨは思い切り蹴った。

もうすこしでうまくいくところだった。

カブリーヨの計算が狂ったのは、右前輪が左前輪よりも早く桟橋を離れたせいだった。そのため、海に向けて自由落下するフォークリフトが、時計まわりに回転した——カブリーヨが跳んだのとおなじ方向に。それでも、質量が異なる物体ふたつが同時に水面を打ち、運転台のオーバーヘッドガードが上から落ちてきて、カブリーヨを閉じ込めた。カブリーヨよりもずっと重いフォークリフトがたちまち沈みはじめた。カブリーヨは海の底にひきずり込まれそうになったが、車体の枠を思い切り蹴って脱け出すと同時に、もう使い物にならない暗視ゴーグルをむしり取った。フォークリフトがあっというまに沈んで奈落の底に見えなくなるあいだに、カブリーヨは超小型エアタンクを使って呼吸し、闇のなかでもがきながら深く潜った。

自動火器の銃弾が、上のほうで水をかき混ぜ、四方でそばを通過した。何度か息を吸うと、超小型エアタンクのエアがなくなったので、吐き出して捨てた。

水が濁っているうえに真っ暗だったので、ほとんどなにも見えなかったが、カブリーヨはさらに深く潜った。水面に戻れば死が待っている。いまではエンジンの回転をあげているボート一艘《そう》が、カブリーヨの頭上を猛スピードで旋回していた。

　肺が焼けるように痛かったので、そろそろ限界に近いとわかった。血中酸素の分子が減り過ぎないように泳ぐのをやめた。頭のなかでハンマーを叩くような音がして、視界が狭くなったが、どのみちなにも見えない。遠くの暗がりでぼんやりした明かりがまたたいていたが、意識がうすれかけていて、カブリーヨにはそれがなんなのかわからなかった。

　いまはただ計画を信じるしかない——それと、太腿《ふともも》に埋め込まれた追跡装置を。

　気を失いそうになったので、無意識に口をあけて息をしそうになるのをこらえるために、顎に力をこめた。水を飲んだらすぐに溺《おぼ》れてしまう。突然、力強い手がカブリーヨの顎の下に差し込まれて、体を持ちあげた。敵かと思ったカブリーヨは、とっさに最後の力をふり絞ってその手を引き剝《は》がそうとしたが、べつの手がじたばたしているカブリーヨの両腕を押しのけた。カブリーヨの頭は曲げた腕に押さえ込まれて、ゴムのマウスピースが唇をこすった。カブリーヨは口をあけて、燃えるように痛む肺から酸素が欠乏している空気を吐き出し、マウスピースを嚙んだ。最初のエアを〈スペア・エア〉の小型容器《ポニーボトル》からめいっぱい吸った。人生でこれほど心地よいことはほかにはない。脈が速くなった。ひと呼吸すると、相手の力強い手がゆるみ、そっとカブリーヨの向きを変えた。

ダイビング・ヘルメットの明るいライトのなかで、マクドが満面に笑みを浮かべていた。カブリーヨがブーツと靴下を脱ぐと、マクドがマジックテープを剝がして予備のフィンをはずし、渡した。ふたりはすぐに、九〇メートル離れたところで待っている〈ゲイター〉潜水艇に向けて泳いでいった。

60

エーゲ海

アルキタス・カトラキスは、カニオン魚雷を安全に固定している自分の船の推進力である大型ディーゼル機関の上の狭い歩路に立っていた。

眼下の機関員たちは、叫ばないと声が聞こえないくらいやかましい甲高い機関音を防ぐために、イヤプロテクターをつけていた。だが、アルキタスにはその騒音が気にならなかった。機関室は、アルキタスの船のほかの場所とおなじように整然としていた。船の航行と保守点検によって、グリース、オイル、船舶燃料が漏れ、飛び散り、垂れるのが当然なのだが、グリーンに塗られた鋼鉄の甲板は、食事のテーブルに使えるくらい清潔だった。アルキタスは、のんびりした外見と愛想のいい態度とは裏腹に、父親に教わったとおり、厳しく船を管理していた。アルキタスの基準を満たすことができない乗組員は、不幸な目に遭う。

黄色い信号灯が閃き、航海当直警報システムが、耳を聾《ろう》する機関室の騒音のなかでも聞こえる鋭い音を発した。特別に指定された着信音が、アルキタスに向けられたブリッジからの呼び出しであることを告げた。なにか異変が起きたのだ。

アルキタスは、鋼鉄の階段を二段ずつ駆けあがり、防音の機関制御室にはいって、いちばん近い電話を取った。一等航海士が出た。

「なにが起きた？」アルキタスはきいた。

「アレクサンドロスさんの暗号化された通信を受信しました。〈ペンザ〉が航海中に行方不明になり、捜索救難活動が開始されたと、ロシア人が報告しています」

アルキタスは、悪態をついた。なにもかもが危険にさらされるおそれがある。最終目的地へ行くのに、あと一日かかる。〈ペンザ〉が見えないあいだは、こちらの存在にも気づかれない。〈ペンザ〉と核魚雷がどこにあるのか、だれにもわからない。〈ペンザ〉捜索活動の範囲がひろがれば、自分とこの船がなにか関係があると判断される可能性もある。それまでどれだけ時間がかかるかわからないが、リスクであることはたしかだ。

「ほかには？」

「ロシアの保安機関が、ペトロシアアンが姿を消したと報告し――」

アルキタスは、激しい悪態をまくしたてて、一等航海士の言葉を遮った。馬鹿なアルメニア人は、逃げ出せば追ってくる犬がさらに速く走るはずだということが、わかっていなかったのか？

だが、落ち着きを失っている場合ではないと、アルキタスは自分をいましめた。

「つづけろ」

「ペトロシアンが姿を消し、ロシア人が捜しています。アレクサンドロスさんは、アメリカもそれを知らされたにちがいないといっています」

アルキタスは、また悪態をつきそうになるのをこらえた。アメリカが関与するようだと、まったく異なる様相の勝負になる。だが、アメリカ人とロシア人には、実際になにが起きたのか、カニオンがなにに使われようとしているか、突き止める時間はない。その前にイスタンブールが壊滅するのを生中継のテレビで見るはめになる。

べつの予想外の出来事が、急展開をもたらさないかぎり。

アメリカが関与しているようなら、トルコに情報が伝わるはずだ。つまり、ボスポラス海峡をトルコ海軍が厳戒態勢で哨戒し、こちらは破滅する。

「ほかには？」

「アレクサンドロスさんは、任務を計画どおり続行し、予定どおり最終経由点へ行くよう命じました。カニオン投下を進められるように、われわれの作戦地域から敵をおびき出す陽動作戦を用意するとのことです」

「すばらしい。通信記録をすべて破棄し、あらたな通信があったらただちに報告しろ」

「了解しました、船長」

アルキタスは電話を切った。やはり、天才的な異母兄のアレクサンドロスは、なにもかも考えていたのだ。だいたい、どうして心配してしまったのだろう？　行方不明の〈ペンザ〉が発見されても、追加の予防措置を講じればいい程度の不都合にすぎない。アレクサンドロスは、すでにその措置を講じている。

それに、ロシアが〈ペンザ〉を発見したとしても、あるのは海底に沈んでいる船体だけだ。カニオンが盗まれたことを立証できたとしても、それには何週間もかかる。そのときには、世界は戦争に突入している。

とにかく、ペトロシアンが示した図式ではそうなる。臆病者のペトロシアンのせいでその計画が台無しになる可能性はあるだろうかと、アルキタスは考えた。その考えを払いのけた。だとしても、任務を阻止しようとするいかなる企ても、アレクサンドロスの叡智《えいち》が撃退するはずだ。

自信を取り戻したアルキタスは、食堂に向かった。

61

オレゴン号

　カブリーヨはステンレスの冷たい診察台に腰かけ、ジュリア・ハックスリー博士が抗菌剤を染み込ませた脱脂綿で、銃弾の破片による顔の掻き傷を消毒していた。タグチバチに刺されたように痛かったが、そんなことは気にならなかった。死にそうになったのに、たいした情報が得られなかったことに、まだ腹が立っていた。

　エディーのハッカーUSBメモリーは、ステファノス・カトラキスのコンピューターに侵入するのに成功していた。明るい面は、それがノートパソコンのハードディスクを迂回《うかい》して、ファイアウォールで護られているクラウドに到達したことだった。重要なファイルの大部分が、そこに保存されているはずだった。暗い面は、エディーに大量のデータをダウンロードする時間がなかったことだった。すべて暗号化されていて、オレゴン号のＩＴ部門ではまだ解読できていない。

ファロス島任務の重要な目的は、パイプラインを告発する証拠を集めることだったが、殴られて、切り傷ができ、この怪我を負っただけだった。

「一〇ミリそれていたら、片目を失ったかもしれない。ダイヤモンドの指輪も、きわどいところで反対の目をそれているわ」

カブリーヨは目尻のバタフライ形〈バンドエイド〉に触れた。縫う必要はないが、消毒したばかりの掻き傷を保護したいと、ジュリアはいった。

ジュリアが、子供を叱《しか》る母親のように怖い顔でカブリーヨを見た。「他人と仲良くするようにしなさい」

「努力しているんだ、先生《ドク》。ほんとうに」

だれかがドアをノックして、入室許可を待たずにドアをあけた。

「だれ？」ジュリアがいったとき、エリック・ストーンがタブレットを持って跳び込んできた。

「すみません、ハックスリー博士。急用なので」

「ストーニー、卒業ダンスパーティに遅刻したような顔だぞ」カブリーヨはいった。

「ロンパースをはいたあとでよかった。なにがわかった？」

エリックが、顔を輝かした。

「造船所にぼくたちのとおなじＡＷ６０９が駐機してたって、報告に書いてますよね。

かなり珍しいと思いました」

「わたしもそう思った。民間市場には、四機しか出まわっていない」

「それで調査しやすかったんです」エリックがタブレットの画面に表示されているものをカブリーヨに見せた。「機体記号を見つけるのは簡単でした。カトラキス海運が一機、所有してます。それに、CEOのアレクサンドロス・カトラキスは、民間機パイロットのライセンスを持ってます。ティルトローター機の操縦まではやらないでしょうが、AW609はアレクサンドロスみたいな金持ちが所有したがる高級機種です」

「よく気づいたな。しかし、急いできたのは、それをいうためではないだろう」

「それだけ情報があったので、欧州航空航法安全機構《ユーロコントロール》の航空交通管制データベースにハッキングで侵入して、そのAWの去年の飛行記録を調べました」

カブリーヨは、満面に笑みを浮かべた。「それで、トランスポンダー発信を見つけたんだな」

「ちょっとちがいます――いまは切られてます――そうなったのは最近です。これを見てください」

エリックが、タブレットの再生ボタンを押した。アレクサンドロスのAWの飛行経路を追跡したレーダー画面の記録だった。ファロス島を発した二十九回の飛行のうち二十三回の目的地がおなじだった。エリックがそれを拡大した。

「聖なる島という場所です。ギリシャ本土の沖にあります」

カブリーヨは、画像をしげしげと見た。やはり見込みは薄いが、追ってみる価値がある手がかりだった。

カブリーヨはテーブルからすべりおりて、エリックの肩を叩いた。

「よくやった。当てもなく調べにいったのに、どうやら役に立つ情報が得られたようだ。とにかく、きみが見つけた。聖なる島へ針路をとれ」

「もうそうしてます。おなじように命じられるかどうか待ってただけです」

カブリーヨはいった。「もう命じたぞ」


メリハは、ジュリア・ハックスリーの来客用スイートのベッドに横たわり、必要な休息を取ろうとした。空気はひんやりしていたし、やさしい子守歌のリズムのような推進機関の脈動がずっと下のほうから聞こえていた。ジュリアやカブリーヨの前ではそんな気配は見せなかったが、ものすごく疲れていて、体が痛かった。これまでの数日、感情と肉体の両方に大きな無理がかかっていた。

聖なる島というのはまずまずの手がかりだが、修道院が麻薬密売や人身売買の拠点になっているとは、想像できなかった。なにかのつながりが見つかれば、それにこしたことはないが、敬虔《けいけん》な修道士がそんな罪深い行動に加担しているとは思えなかった。イスタンブールを出てから聖なる島へ行くまでに起きた物事すべてを書き留める必要があると、メリハは思った。カブリーヨにはオレゴン号と乗組員については精いっぱい伏せると約束したが、それでも本質的にジャーナリストなのだし、書かなければならない材料がある。

着信音が鳴らないようにしてあったメリハの携帯電話が、ナイトスタンドで振動した。メリハはぱっと目をあけた——眠り込んでいたのに気づいていなかった。上半身を起こし、携帯電話をひらいた。

悲鳴をあげそうになった。

メリハは、システムチェックを終えているゴメス・アダムズの横で副操縦士席に座っていた。タービンがすでにうなりをあげて、ブレードがまわるにつれてキャビンの騒音が大きくなった。

カブリーヨは、メリハのそばにしゃがみ、ハーネスを締めるのを手伝った。激しくなる音に合わせて、カブリーヨも声を張りあげなければならなかった。

信じがたいことに、トルコ政府はメリハの父親を、エディルネにある警備が厳重な刑務所から解放した。しかし、メリハにメールを送ることしか許されず、刑務所の近くの家で会うと伝えてきただけだった。

メリハは、折り返し電話したが、応答はなかった。すぐさまそれをカブリーヨに伝えた。怪しいとカブリーヨは思ったので、部下に逆探知するよう命じた。メリハの父親の携帯電話を見つけ、エディルネの街の基地局の近くにあるのを突き止めた。カブリーヨは何人かの伝手に連絡し、ケマル・オズテュルクはたしかに解放されたが、軟禁状態にあるとわかった。それ以外の詳しいことは、わからなかった。

メリハはひどく取り乱していた。パイプラインの調査をつづけたいと思っていたが、それ以上に、父親に会いたかった。

「島にいっしょに行けないのはほんとうにすみません。わかってくれるでしょう」

「わかっている。きみの立場なら、わたしでもそうするだろう」カブリーヨは、メリハの手を軽く叩いた。「ただ、危ないことはやらないように、いいね？」

「自力でやっていける」

「それはわかっている。しかし、落ち着いたらすぐに電話してくれ。いいね？」

メリハはうなずいた。「もちろんよ。それに、聖なる島でなにかを見つけたら、連絡して」

「約束する」

「これがすべて終わったら、イスタンブールでまた会えるかもしれない」

「ぜひそうしよう」

ゴメスが、カブリーヨに親指を立ててみせた。カブリーヨはゴメスの肩を叩き、メリハが大きすぎるヘルメットをかぶった。ゴメスが飛行経路を確認した。グレインジャー大統領とNATOの要人の到着に備えてトルコ当局が発表した飛行禁止空域を避けなければならない。だが、たいした影響はない。目的地まで行ってオレゴン号に戻るまで、三時間もかからない。聖なる島に到着するのは、それよりもだいぶあとになる。

カブリーヨは甲板に立ち、AW609が空に舞い上がるのを見送った。ブレードの吹きおろしが、脈動しながら胸に当たった。メリハを目の届かないところへ行かせたくはなかったが、彼女は父親と会わなければならないし、自分には達成しなければならない任務がある。自力でやっていけると、メリハは何度もいった。そのとおりならいいのだがと、カブリーヨは思った。これからメリハは独りで切り抜けるしかないのだ。

62

エアフォース・ワン（アメリカ大統領専用機）

　アリッサ・グレインジャー大統領は、イオニア海の上空、高度三万五〇〇〇フィートを飛ぶエアフォース・ワンの執務室――“空飛ぶ大統領執務室《フライング・オーヴァル》”――で、デスクの奥の背もたれが高い革の椅子に座っていた。あすのトプラク大統領とのサミットに備え、メモを読み返しているところだった。イーデン・パークス国務長官と大統領報道官のサマー・ジョーンズが、アメリカ合衆国大統領《POTUS》の向かいで、豪華な革のソファに座っていた。

　エアフォース・ワンは一時間後に着陸し、グレインジャー大統領は空港でレッドカーペットの外交儀礼によってトプラク大統領に出迎えられることになっていた。

　その儀式はあらかじめ交渉されて、最大限に目立つように組み立てられていた。モンタナの牧場主の五世代目にあたるグレインジャーは、勤勉に働く西部の力強い娘の典型だった。だが、若いスタッフたちとおなじように、テレビとソーシャルメディアにも通暁《つうぎょう》していた。

　グレインジャーは、外国であらたな戦争は行なわないという政策で、選挙運動を進めた。いつ終わるかわからない戦争は、もうやらない。彼女はスペイン語を流暢《りゅうちょう》にしゃべれるが、外交政策の経験はないと、批判勢力は揶揄《やゆ》した。いわゆる安全保障の専門家のそういう論理を、グレインジャーは常識で撥《は》ねつけた。アメリカ人の貴重な血を流し、勝てない戦争を赤字財政で何十年もつづけるのは、実際的ではなく、倫理にも反していると考えていた。アメリカの有権者の大多数が、それに賛成した。

　トプラクとのサミットには、選挙運動の公約を守るとともに、キャリアの外交官すべてがまちがっていることを示すという意図があった。自分なりの外交手腕で強硬派のトプラクを味方につけ、将来の地域紛争を防いでＮＡＴＯの同盟を維持することが、グレインジャーの目標だった。

　グレインジャー政権は広範な人脈を使って、今回のサミットにメディアが絶大な関心を抱くように仕向けた。大手メディア・コングロマリットやＩＴ企業を標的にする反トラスト法を成立させるということまでやった――こちらのルールに従えという、あからさまな恫喝《どうかつ》だった。これはグレインジャーが世界の舞台で華々しく演じる最初のチャンスだった。

最終的にメディア王たちは、よろこんでグレインジャーのルールに従い、土日も含めて毎日二十四時間報道すると約束した。二カ国の大統領が飛行場の駐機場で会うのが、その幕開きになる。

公の印象が悪くなる要素としてグレインジャーは、イエメン、イラク、シリア、リビアでトプラクが行なっている最近の代理戦争のことをかなり懸念《けねん》していた。もっとも不安なのは、ロシアを挑発していることだった。ロシア軍の将兵と装備は、最近のナゴルノ・カラバフでの戦いも含めて、トルコ軍によって屈辱的な敗北を喫している。ずる賢く非情なナショナリストのロシア大統領イワノフは、発言をエスカレートさせ、〝ロシアの永遠の敵オスマントルコ〟に戦争を仕掛けて報復すると公言している。

もしイワノフのロシアがトルコを攻撃すれば、NATOは防衛せざるをえなくなり、アメリカが戦争に巻き込まれることを、グレインジャーは知っていた。経済がカナダ程度の規模のロシアは、戦争を長期にわたってつづけることができず、すぐに自衛のために核兵器を使用しなければならなくなる。そうなったら、オスマン帝国を復活させたいという夢をトプラクが果たすために、アメリカ合衆国は途方もない代償を払うはめになる。

大統領サミットは、イスタンブールでの年次のNATO国防相会議と重なっている。それもグレインジャーの発案だった。グレインジャーとパークスは、トプラクが冒険主義から遠ざかってNATO陣営の囲いに戻るように、莫大な補助金と厳しい経済制裁——飴《あめ》と笞《むち》——を組み合わせた政策をまとめた。しかも、グレインジャーは連邦議会の上級海外政策専門家を通さずに、それを作成した。

「これが気に入らない議員もいるでしょうね」最後の詳細をグレインジャーがまくしたてたとき、パークスは注意した。

「議員のなかには、紙おむつをつけているようなひともいる。そんな連中のことは心配していないわ」

舞台裏でグレインジャーは、トプラク政権内部で苦闘している民主化運動が勢いを増すように、大統領の権限で秘密の先制行動を進めていた。ラングストン・オーヴァーホルト四世が、その活動を指揮するよう指名されていた。

ドアに軽いノックがあり、話し合いが中断した。実習生くらいの年齢のきちんとした身なりのアジア系の女性、ヤン博士がはいってきた。よくない報せを伝えるのだと、その顔が物語ってきた。

「なにかしら、ロイス?」グレインジャーがきいた。

「大統領、お邪魔して申しわけありませんが、変更がありました。トプラク大統領の首席補佐官が、トプラク大統領の空港到着が数時間遅れると、たったいま伝えてきました」

「どういう理由で?」パークスがきいた。

「国家の緊急事態だとのことです」

グレインジャーは笑みを浮かべた。「知らせてくれてありがとう」

席をはずすようにという意味だと察して、ヤンが出ていき、ドアを閉めた。

グレインジャーが、厳しい態度になった。「駐機場での歴史的な出会いを生中継するために、世界中の報道関係者が空港で待っているのよ。それなのに、トプラクが現われない」

「トプラクの印象が悪くなるのでは?」

「まったく逆よ。出迎えるのを拒まれたわたしは、空港に到着したアメリカ人観光客みたいに見られる」

「われわれのメディア戦略を逆用したわけですね」報道官がいった。

グレインジャーはうなずいた。「それに、イスラム世界にきわめて強力な檄文《げきぶん》を送ったことになる。不信心者のアメリカ女の指図は受けない、と」きれいにそろった歯のあいだから息を吐いた。「問題は、わたしたちがどうするかということよ」

「トプラクが到着するまで、空にいたらどうですか?」パークスがいった。

「トプラクには、わたしたちが燃料切れになるまで待つ時間の余裕があるかもしれない」

「着陸できますよ」ジョーンズ報道官がいった。「そのまま大使館へ行けばいいし、鳴り物入りの登場はあすにのばしましょう」

「またおなじ手を食らうわよ。トプラクはサミットに遅刻し、わたしたちは盛装のまま立っていないといけない」グレインジャーはいった。

ジョーンズは新米報道官で、ボスに好印象をあたえたいと思っていた。

「アテネに目的地を変更し、エンジン故障だということにして、あす到着するというのはどうですか？」

「警備の面でギリシャ政府が厄介な問題を抱え込むし、わたしたちのシークレット・サービスの警護班にも大きな負担になる」パークスがいった。「それに、アメリカでもっとも重要な飛行機の整備がおろそかになっていたという印象をあたえる」

三人はほかにもいくつか案を出したが、どれも根本的な解決策にはならなかった。トプラクを協力させる方法はなかった。

グレインジャーは、眉間《みけん》に皺《しわ》を寄せた。

「じっさい、トプラクを怒らせるようなことはできない。さもないと、サミットそのものをやめるといい出すかもしれない。このラウンドは彼の勝ちだと思う。このまま予定どおり着陸しましょう。イーデン、国防長官に連絡して、空港まで迎えにこさせて」

パークスが暗号化された携帯電話を取って通話を開始すると、グレインジャーはジョーンズ報道官に向かっていった。

「サマー、短い演説をこしらえて。わたしが侮辱されたのをだれにも気づかれないような文面で」

「すぐにやります」ジョーンズがメモ帳を取り、機体後部の小部屋に向かった。

グレインジャーは、椅子に深くもたれて、手を組んだ。つぎの瞬間、パークスが電話を切った。

「国防長官は会議中ですが、彼の首席補佐官が状況を理解し、わたしたちが到着したときにレッドカーペットの歓迎をするよう手配してくれます」

グレインジャーは、うなずいて感謝を示した。「トプラクは第一ラウンドで勝ったかもしれないけど、勝負はまだ終わっていない」

「同感です」パークスが向きを変えて、出ていこうとした。「トプラクがやったことは、子供じみた侮辱です。だれでもそう思うでしょう」

「こういう形のキックオフは望ましくなかった」

「まあ、今夜の国賓晩餐会《こくひんばんさんかい》を楽しみにしていましょう。大使館はすごいメニューを用意しています。空腹だと思いますが」

「正直いって、それを抜きにしたいという気持ちもあるのよ。屈辱をお腹にいっぱい呑み込んだあとで、食欲が湧《わ》くわけがないでしょう」

63

グレンデール

そのＦＢＩ捜査員は、時間を気にしすぎて注意散漫になるという取り返しのつかないミスを犯した。

十二時間の監視を開始してから、まだ一時間しかたっていなかった。捜査官はあくびをして、疲労と闘った。もともと昼間に睡眠をとるのに慣れていなかったし、妻と子供のぐあいが悪くて家にいたので、それも難しかった。おまけに、犬がカーペットに二度吐いた。

なんとかソファで二時間うとうと眠ったが、それだけだった。髭を剃《そ》り、シャワーを浴びて、ぐあいの悪い妻に子供の看病を任せることをうしろめたく思いながら、家を出た。

いまはエネルギーが尽きかけていて、二本目のエナジードリンクと意志の力だけで目を醒ましていた。
上司の地方局局長《SAIC》が、長官からじきじきに最優先命令を受けて、ダヴィド・ハコビアンの家を張り込むよう命じられた。だが、局長には全面的な監視を行なうのに必要な人員がいなかった。捜査員ふたりを十二時間交替で配置するのが精いっぱいだった。しかも、その捜査員のほうが下役だったので、徹夜の当番を命じられた。

もっとつらい仕事もある。捜査員はＦＢＩに採用される前に、デンヴァー警察で麻薬組織への潜入捜査を六年間やっていた。そのころに街路でそういったすべてを経験した。毎晩八時半にベッドにはいる高齢のアルメニア人を見張るのは、それとくらべれば楽なものだった。

このじいさんが国家安全保障上の重要容疑者だというのは、信じがたかった。局長の要約ではそうだとされていた。ハコビアンはたしかに、数十年前には犯罪活動を行なっていると疑われていたが、いま突然、名前がわからない国際犯罪シンジケートと結び付けられている。

「それなのに、捜索令状を取ってその男の家を徹底的に調べないのは、どうしてですか？」捜査員は質問した。

「捜索令状を出してくれる判事はいないわ。ハコビアンがそのシンジケートと結び付いているという根拠が薄弱なのよ。それに、わたしはハコビアンのファイルを見た。

九〇年代に迷惑行為の訴訟に二度、勝訴しているのよ。一件はFBI《ビューロー》、もう一件はDEA（麻薬取締局）が相手だった。必要がない限り、この男とその弁護士には近づきたくないわね」と、局長が説明した。

「それで、なにを監視するんですか？」

「長官はこういった――そのまま伝えるわ――〝怪しい言動と訪問者をすべて報告すること〟」

「ずいぶん曖昧《あいまい》ですね」

局長が、携帯電話をデスクの上で押した。

「長官の電話番号はこの携帯電話の短縮ダイヤルに登録されている。電話して自分でそういったらどう？」

捜査員は、二十年の勤務のうちまだ十年しかこなしていなかったし、住宅ローンで家計は赤字だった。それに、履歴についた小さな傷を二回乗り越えていた。

「理由をきくのは、わたしたちの仕事ではないですね……」捜査員は笑みを浮かべて、デスクの上で局長の携帯電話を押し返した。

「それが賢明ね」

重いまぶたが閉じそうになるのを我慢しながら、捜査員はきのうからのメモを読み返した。嫌になるくらい退屈な出来事が記されている。カリフォルニアの運転免許証と銃器隠匿《いんとく》携帯許可証でゲヴォルグ・グリゴリアンだと身許確認されたボディガード兼運転手――身長一九六センチ、体重一三六キロ、六十七歳、前科なし――は、ダヴィド・ハコビアン名義の一九八六年型メルセデス２４０Ｄで、午前九時ちょうどに到着する。

　一時間後に、グリゴリアンはハコビアンを乗せて、近くのドラッグストアへ行く――きのうはアルメニア食料品店へ行った。家に帰ると、ハコビアンは裏にあるアンズ果樹園で一時間働く。午後五時に、よたよた《ラーチ》――ハコビアンはグリゴリアンをそう呼んでいる――が、くだんのメルセデスで、免許証によればおなじグレンデールにある自宅に向けて帰る。午後八時三十分に、ハコビアンの家の明かりが消える。

　この四十八時間、訪問者はひとりも記録されていない。

　いや、四十九時間だと、頭のなかで訂正した。

　捜査員ふたりは、〝ラーチ〟を監視すべきだと意見が一致していた。ただ、それをやる人的資源がなかった。ハコビアンが麻薬密売を再開したとすると、グリゴリアンが運び屋だろうし、メルセデスを捜索するのが当然だろう。

　捜査員はまたあくびをした。アンズを栽培している農民が、どうして国家安全保障上の脅威なのか、さっぱりわからない。だが、命令には従うしかない。

　捜査員は私用の携帯電話を出して、大好きなドジャーズの成績を見るために、スポーツ専門チャンネルのＥＳＰＮをひらいた。そのあとで、メールボックスを整理し、クロスワードパズルのアプリに取り組んだ。また腕時計を見た。

あとたった十時間五十二分だ。

一時間後、錆びて凹《へこ》んだパネルバンが、ハコビアン家の敷地の裏手で、音もなくとまった。グリーンの塗装のパネルバンには、〝ゴンザレス芝生管理〟と描かれ、電話番号も書き添えてあった。〝スペイン語話します《セ・アブラ・エスパニョール》〟という言葉に加えて、〝低価格で良質な作業！〟を約束していた。ソンブレロをかぶり、大きな口髭を生やした男が刈った芝と煙を除雪機のように吐き出している古い芝刈り機を押しているロゴが、消えかけていた。

ラド・サスエタは、ＦＢＩの監視チームにきのう気づいていた。エレーラ専属の刺客のサスエタは、アメリカの連邦捜査機関が関心を抱いていることに驚くとともに、滑稽《こっけい》だと思った。驚いたのは、ハコビアンが不注意になっているのを、彼らの存在が示しているからだった。滑稽だと思ったのは、チームが人数不足なうえに無能だったからだった。家の前で携帯電話をいじくっているＦＢＩのくそ野郎を中南米の通りで見つけたら、喉《のど》を掻き切り、血で書いた短い手紙を上司に送りつけていたはずだ。

捜査員にとってさいわいなことに、ここは中南米ではなくグレンデールだった。

サスエタはナイフなど使わず、子供のおもちゃのラジコンカーで、エアロゾル化したフェンタニルが封入されている缶を捜査員の車の下に入れ、噴霧した。一分以内に捜査員が失神した。意識を回復するまで一時間かかる。ロシアがチェチェン人テロリストに対して失神ガスとして使用したのが最初で、エレーラはその成分を改善した。ロシア製の混合物よりも早く効くし、ターゲットが死ぬおそれはない。

サスエタは、携帯電話を確認した。隣の家の庭にワイヤレスカメラを仕掛け、FBIの車を監視していた。捜査員がどういうわけか目醒めて車をおりると、携帯電話がただちに警報を鳴らす仕組みになっていた。

サスエタはふりかえり、パネルバンの後部を最後にもう一度見た。ガーデニングの道具と装備を積んであるが、芝刈り機はない。ゲヴォルグ・グリゴリアンの膨れあがった死体を防水布の下に隠したので、それを積む場所がなかった。サスエタは、心配していなかった。芝生管理のバンの横でパトカーをとめる警官はいないだろう。

サスエタは、〝ゴンザレス芝生管理〟のオーバーオール姿で、バックパックを片方の肩にかけ、バンからおりた。急いでやる必要があるが、正確でなければならない。今夜の仕事には大金が懸かっている。

自分が大金を手に入れるかどうかが。

64

サスエタは、暗いキッチンの窓からちらりと覗《のぞ》いた。ハコビアンの家は、墓場のように静かだった。

サスエタは、ハコビアンが飼っている汚い小さな犬のことだけが心配だった。哀れな状態でも、吠《ほ》えるかもしれない——ここに何度も来たが、発見した泥棒除けの手立ては、それだけだった。

錠前に傷をつけることなくピッキングで開錠し、ドアをそっとあけた。リノリウムの床を用心深く踏み、できるだけ静かにドアを閉めた。

こめかみに冷たい鋼鉄が押しつけられるのがわかり、同時にキッチンの明かりがついた。

「動くな」

ハコビアンの甲高い声を、サスエタは聞き分けた。高齢のアルメニア人が、バスローブにスリッパという格好で横に立っているのを、目の隅で見た。ハコビアンの左腕に抱えられた犬が、うれしそうにクンクン鳴いていた。

「動かないよ」

「おまえの脳をわたしが吹っ飛ばす前に、一分で説明しろ」

リヴォルヴァーの回転弾倉がまわるカチリという音を、サスエタは聞いた。

「そんなに時間はかかりません。ここに来たのは、あなたを脱出させるためです。電話は使えなかった。FBIがあなたを監視しています。電話は盗聴されているにちがいない」

「脱出？　なぜだ？」

「刺客があなたに差し向けられたことがわかったんです。警告するために来ました。われわれはただちにここを出ないといけない」

「馬鹿をいうな」

頭蓋骨に押しつけられていた銃口が離れるのがわかった。いい兆候だと、サスエタは思った。ゆっくり向きを変えた。

ハコビアンが拳銃を茶色の格子縞《こうしじま》のバスローブのポケットに入れたが、グリップは握ったままだった。灰色の薄い髪が乱れ、フクロウのような大きい目が、眼鏡の厚いレンズの奥でまたたいた。

ハコビアンの片腕に抱かれたままの犬が、目やにがついている目でサスエタをじっと見て、木の葉のようにふるえ、咳《せき》をした。

「どんな刺客だ？　だれが差し向けた？　ＦＢＩではないだろう」

「わたしの情報源では、ロシア人だそうです。バックパックに細かいものがすべてはいっています。あなたとジョジョが安全な場所へ行くための偽造身分証明書、旅行用の書類、クレジットカード。ゲヴォルグと連絡がとれれば、彼もいっしょに。書類を見せましょうか？」

ハコビアンは肩をすくめた。

「万事、時間の無駄だが、そういうなら」肝斑《かんぱん》が点々とある手で、キッチンのテーブルを示し、椅子に手をのばして引き出した。

「わたしが見せるものに、きっとびっくりしますよ」

ハコビアンが腰かけ、サスエタはそのまま立っていた。ハコビアンがにおいを嗅いだ。

「ミントのにおいがする」

サスエタが、ポケットのなかの延長コードを握りしめた。

「でしょうね」

ハコビアンの体重は六〇キロもないはずだった。だから、首を絞めた輪ごと華奢《きゃしゃ》な死体を持ちあげて、キッチンの梁に吊るすのは、いとも簡単だった。ハコビアンを絞殺するのに使った延長コードを、サスエタはそのまま使った。

赤いヘッドランプであたりを照らしながら、サスエタは手早く作業を進めた。そのあいだ、携帯電話に表示されたカメラの画像と、デジタルのカウントダウン・クロックにも注意した。これまでのところ、FBI捜査員は身動きしていないが、時間は刻々と過ぎている。

前にここに来たとき、サスエタはホームオフィスにあったIBMセレクトリック・タイプライターに目を留めていた。ハコビアンは、食料品の買い物リストをそれで書いていた。すべてアルメニア語だったことにも、サスエタは気づいていた。

サスエタは、そのことから思いついていた。ソクラティス・カトラキスに連絡して提案すると、ソクラティスがいそいそと賛成し、自分なりの工夫を加味した。

サスエタは、この有名なセレクトリック・タイプライターのことをよく知っていた。父親が長年、それに縛りつけられていたのだ。デジタル以前の世界ですばやく効率的にタイプするために、IBMは風変わりなアナログ式解決策を考案した。セレクトリックには、従来のタイプライターのような長い印字アームとインクリボンカートリッジはなく、活字が彫られたタイプボール——ときどき、ゴルフボールと呼ばれることもある——という丸い印字部品が使われている。キーを叩くと、タイプボールが進んで回転し、正しい位置で紙に当たる。タイプボールの数多い長所の一つは、多種多様な字体《フォント》にすぐ変更できることだった――英語以外の文字にも対応している。

ソクラティスの信頼できる伝書使が、若干使用されているアルメニア語のタイプボールとあらかじめタイプされた遺書を届けた。その文面を、ハコビアンが備蓄している紙にそっくりそのままタイプすればいい。しかし、ハコビアンのところにある紙を手に入れることができなかったので、サスエタは自分で紙を買った。その一枚に遺書の文面をタイプし、持ってきた数十枚をハコビアンの家にある紙とすり替えればいい。

まず、手袋をはめた手で、タイプライターを棚から取り、几帳面《きちょうめん》に拭き清められているホームオフィスのデスクに置いた。ハコビアンの指紋を消さないように用心して、プラグをソケットに差し込んだ。

サスエタは、バックパックの中身を出した。若干使用されているタイプボールをケースから出して、ハコビアンの死体のそばに立ち、手に握らせて指紋をつけた。遺書と活字が一致するように、タイプボールを交換する必要がある。セレクトリックのキーボードにはすでにハコビアンの指紋がたっぷりついている。髪の毛や皮膚組織も残っているはずだ。まともな鑑識課員なら、タイプライターから手がかりを得ようとして、そういったものを採取するだろう。

あらかじめ用意してある遺書にも、ハコビアンの指紋を残しておく必要がある。その繊細な作業には、時間がかかった。指紋のすべてか一部をタイプライター用紙につけるやりかたを、サスエタは研究していた。束から抜くときにどこに指紋がつくか、どうやってタイプライターのローラーに差し込み、抜くのかを考えなければならなかった。サスエタはセレクトリックを一台手に入れ、用意されたアルメニア語のタイプボールに換えて、アルメニア語のキーボード表をダウンロードしてから、遺書をタイプした。何回かやって、ようやくまちがいなくタイプできた。

その厄介な作業のさなかにサスエタは、ソクラティスが遺書を使って自分やボスが疑われるようにもくろんでいるかもしれないと不安になり、遺書のほんとうの文面を知るために訳してみようかと思った。だが、頭のなかの声が、その不安をかき消した。唯一のメタンフェタミン供給者を危険にさらし、パイプラインがとぎれるようなことを、ソクラティスがやるわけがない。ソクラティスのような古株のギャングは信用できないとわかっていたが、彼の欲と自己防衛意識は当てにできるはずだった。

つぎに、サスエタはハコビアンが備蓄していた紙をバックパックに入れた。紙はタイプライターの横にきちんと積んであった。

サスエタが決めなければならない問題が、ひとつだけ残っていた。持ってきた遺書をローラーに差し込むか、それともタイプライターの横のデスクにそのまま置くか。ローラーに差し込んだ場合、捜査員が綿密に調べ、ローラーを二度通ったのを見破るのではないか？　二台のローラーの痕跡《こんせき》が異なっているのではないか？　そういった問題に注意することで、サスエタは刺客として成功を収めてきた。そういう細かいことに注意してきたから、刑務所に送られたり殺されたりせずにすんでいる。

正直いって、ハコビアンの自殺が緻密《ちみつ》な捜査に値するとは思えなかった。刑事はたいがい働きすぎだし、既存の事件がある。そうではない刑事は怠け者だ。説得力のある反証が示されない限り、一度観察して下した結論がそのまま最終的な結論になる。

結局、ローラーに残るハコビアンの指紋を乱さないために、遺書はデスクに置くことにした。サスエタの稼業では、単純なやりかたが身を護ってくれることが多い。サスエタは、現場をしばし眺めて、自分の仕事ぶりに見とれた。しばらく駆使したことがなかった独創的な手順が必要だった。ソクラティスがハコビアンを殺したいと思った理由は考えもしなかったが、彼を殺したいま、ソクラティスが約束を守れば、サスエタが属するエレーラの組織がパイプラインを通じて得る利益は倍になるはずだった。

仮にソクラティスが嘘をついていたら？

その場合は、ソクラティスに会って落とし前をつける。ソクラティスはもっともひどい悪夢よりも恐ろしい目に遭うことになる。

完全に満足したサスエタは、侵入したときとおなじようにたくみにハコビアンの家から脱け出した。カメラと、ＦＢＩ捜査員に失神ガスを吸わせるのに使ったラジコンカーを回収し、砂漠を目指す。そこでグリゴリアンとハコビアンの汚らしい犬の死体を、酸を入れた馬鹿でかい鋼鉄の容器に落とし込む。

あらゆる面でうまくいったと思った。

サスエタが気づいていないことが、ひとつだけあった。時差と日付を錯覚したせいで、ハコビアンを予定よりも二十四時間早く殺してしまったのだ。

65

聖なる島

　ゴメス・アダムズは、エディルネ郊外の空港でメリハをおろしてから、オレゴン号と会合《ランデヴー》した。街へ行って父親と会うために、メリハはタクシーに乗った。いっしょに行こうかとゴメスが持ちかけたが、アレクサンドロス・カトラキスとパイプラインを捜索するために、オレゴン号はあなたを必要としていると、メリハに反対された。

　ゴメスがAW609ティルトローター機をオレゴン号に着船させたとたんに、地上員たちが給油して、すばやく安全点検と整備を行なった。カブリーヨ、エディー、レイヴン、マクドが乗る偵察飛行のために、ほどなくアダムズはまたAWで飛び立っていた。

　小さな島の上を、ティルトローター機は高高度で何度か航過し、めったにない強風に揉まれた。だが、風は島をつねに覆っている霧を吹き払っていた。孤絶した島にある修道院についての情報は乏《とぼ》しかった。八百年ほど前に正教会の修道士たちが住むようになったときに修道院が創建され、その後、熱心な信者や隠者《いんじゃ》が住みつづけてきたようだった。

「女、酒、お楽しみはなし」先ほどチームルームで十字を切りながら、マクドがいった。

　コンソールのモニターに表示されている長距離望遠カメラの映像で、カブリーヨは眼下の地形をはっきり見ることができた。といっても、たいしたものはない。山羊《やぎ》と羊の群れがいる広い牧草地があるほかには、岩が点々とあるだけだった。石造りの小屋と洞窟《どうくつ》がいくつかあり、隠者がそこに住んでいると思われた。島の中心の岩があちこちにある牧草地の縁に教会があり、フードをかぶった修道士たちが、一列になってそこを目指していた。目にはいる人間は、それだけだった。頭上のティルトローター機のローターがたてる音に気づいているにちがいないのに、修道士たちはそれを聞きつけたそぶりをまったく示していなかった。

　島のもっとも際立った特徴は、青いエーゲ海を見おろす東端にある突兀《とっこつ》とした峰《みね》だった。信じがたいことに、古代の修道院がその山頂近くに建っていた。下の教会よりだいぶ小さく、原始的な造りのようだった。

「あそこだ」ゴメスが、修道院の近くの草地の離着陸場を指差した。「あそこなら着陸できる。平坦《へいたん》だし、岩がない。島のもっとも高い場所で、逃げ出すのにもってこいだ」

カブリーヨは、アレクサンドロス・カトラキスが島にAWで来ているのを発見することを願っていた。トランスポンダーが切られているので、ほかに探すあてがない。だが、どこかべつの場所にいるようだ。

いったいどこに？

「われわれをおろしてくれ」

カブリーヨとチームは、MP5サブマシンガンを高く構えて、ティルトローター機からおりた。厚い木の扉の前で、四人は集合した。礼拝堂に突入し、テロリストの隠れ家を捜索するのとおなじ手順で掃討するつもりだった。だが、ここは聖なる場所だと、カブリーヨは注意した。それに、見たところ、いまはだれもいないようだった。

「冷静にやれ――なにも壊すな」カブリーヨは、マクドが扉をあけると先にはいりながら、通信装置で命じた。

「敵影《クリア》なし！」

「敵影《クリア》なし！」

「敵影《クリア》なし！」チームの三人が確認した。

カブリーヨは、高い窓から射し込む光だけに照らされている礼拝堂のまんなかに立った。修道院のべつの部分に通じているもう一カ所の厚い扉の前で、レイヴンが見張っていた。マクドとエディーは入口の扉近くにとどまり、ゴメスはグロック17を持って、AWの機長席から警戒していた。急いで脱出しなければならなくなった場合のために、エンジンはゆっくり回転していた。

寒々しい礼拝堂は、燃えた蠟燭《ろうそく》の芯と海のにおいがしていた。蠟燭を使う大きなシャンデリアは消えていたが、サブマシンガンに取り付けたタクティカル・ライトで、がらんとした礼拝堂のようすはよく見えていた。カブリーヨのタクティカル・ライトの光が、粗末な家具や礼拝堂の備品の向こう側に影をこしらえた。

それらの品物のひとつが、カブリーヨの注意を惹いた。ライオン二頭が牽《ひ》く玉座に座っている女のブロンズ像だった。かなり場ちがいに思えたが、置いてある理由がわからなかった。カトリックだった祖父のかすかな記憶を思い起こしたが、そういうものは見たことがなかった。だが、ギリシャ正教の信仰には詳しくない。ブロンズ像をポケットに入れて、あとで調べようかと思ったが、礼拝堂で盗みをはたらくと呪いがかかるかもしれないのでやめた。いま悪運は望ましくない。だからそのままにしたが、ヘッドセットを使って写真を撮った。

カブリーヨは、通信装置でレイヴンを呼び出した。

「先頭に立ってくれ」

「アイ、会長」

チームは修道院のなかを通り、部屋や房をひとつずつ調べた。リネンや食器などの生活用品があったので、最近までひとが住んでいたことは明らかだった。しかし、それだけで、密輸品といえるようなものはなにひとつ残っていなかった。持ち帰るような情報もない——写真、地図、ファイル、電子機器、ＵＳＢドライブはない。紙屑《かみくず》すらなかった。

「会長、お客さんですよ」ゴメスが、通信装置で報告した。

「何人だ？」カブリーヨはきいた。四人は正面扉に向けて駆け出した。

ゴメスがくすくす笑った。「痩せっぽちの修道士がひとりだけ。でも、山登りができる男ですよ」

もじゃもじゃの顎鬚と粗い布地の寛衣《かんい》を強風がばたつかせていたにもかかわらず、その修道士は棒でも呑んだように直立していた。澄んだ青い目は、眼下の岩場で砕けている波のように荒々しかった。武器を持った人間に囲まれているのに、修道士は恐れるふうもなくカブリーヨを睨んでいた。

修道士は、ゴメスがいったような痩せっぽちではなく、筋骨たくましかった。絶え間なく山を登り、重労働をつづけてきて、四肢が鋼鉄のように強靭《きょうじん》になっていた。重くなくても正しいやりかたでふりおろせば人間の頭を叩き潰すことができるヒッコリーのステッキを、カブリーヨは思い浮かべた。

「英語がわかるか？」カブリーヨはきいた。

「存分に」明らかにイギリス人だとわかる英語で、男がいった。「わたしの名はラザラス」

「死から蘇ったラザロか？」カブリーヨはいった。

「じつは、前世ではオフショアバンキングをやって、一度死んだんだ。あんたはだれだ？」

カブリーヨは、その質問には答えず、親指でうしろを示した。

「あそこにはだれもいない。みんなどこへ行った？」

ラザラスと名乗った男が、肩をすくめた。「ここにだれがいたのか、だれがいなかったのか、わたしはまったく知らない。それ以外のわたしたちは、この修道院に出入りすることを禁じられていた」

「〝それ以外のわたしたち〟というのは、われわれが見た下のほうの修道士たちのことだな？」

「そうだ」

「しかし、それ以外の人間が、ここに住んでいたんだな?」

「そうだ」

「何者だった?」

ラザラスが、また肩をすくめた。「知ることを許されていない。ここに来て悩み事を抱えた人間と会うのは、院長だけだった。じつはその人間は教会の後援者だったのだと思う」ティルトローター機のほうを指差した。「だが、ああいうのに羊が驚いて乳が出なくなることがあった」

「後援者の名前がカトラキスだということはありうるか?」

「ひょっとしてわたしの英語は、長年のあいだに衰えたのかもしれない。はっきりいったはずだ。院長を除けば、ここにだれが住んでいたか、だれも知らない」

「院長に会えるか?」

「いや、会えない」

「どうして?」

「けさ埋葬した」

修道士が、AW609のすぐ先の崖《がけ》っぷちへ、大股《おおまた》に歩いていった。カブリーヨはついていった。風でバランスを崩しそうになった。いまにも崖から転げ落ちるのではないかと思った。

修道士が、岩の多いビーチを指差した。

「きのうあそこで見つけた。恐ろしい転落死だ」

「事故か？」

風が修道士の顎鬚をはためかせた。「危険な場所だ。前にもあった。ひょっとして寿命だったのかもしれない」

ラザラスが、ティルトローター機のほうへひきかえした。

「あんたたちの飛行機の音が聞こえたから、見にいけといわれた。後援者の仲間なんだろう。これはその男の飛行機じゃないのか？」

「ちがう。われわれの飛行機だ」

ラザラスが、胼胝《たこ》のできた手をＡＷのなめらかな機体に置いた。

「妙だな。珍しい飛行機なのに」

「後援者について、教えてもらえることはあるか？」

ラザラスが、村の馬鹿な男を相手にしているとでもいうようなしたり顔をした。

「なるほど、わかった」カブリーヨはいった。「あんたはなにも知らないが、ここでなにが行なわれていたかに興味を抱いたんだな？」

「わたしには邪《よこしま》なたましいと、世話をしなければならない羊三百頭がいる。よそ者に好奇心を抱くひまはない。それに、その問題を調べてはいけないと、院長にいわれていた。あんたは命令を理解し、それに従う人間だと、わたしは思っている」

「すこし見てまわってもいい？」レイヴンが進み出てきいた。濃い黒髪は編んでうしろでまとめてあり、エキゾチックな美しい顔があらわになっていた。

ラザラスが口をひらきかけたが、いうのをやめた。カブリーヨに近づいて、耳もとでささやいた。

「女じゃないか」

「ああ、そうだ、きょうだい。女だし、かなり手強いぞ」

修道士が、さらに声をひそめた。「ここに来てはいけない。規則に反する」

カブリーヨは自分をだしにして冗談をいおうとしたが、我慢した。修道士の宗教の信仰を理解しているとはいえないが、熱心な信心は尊重しなければならない。忠誠心は評価すべきだというのが、カブリーヨの考えだった。

「ひとしきり見たら、もうあんたたちの前から消える」

修道士が、レイヴンのほうを見たくなかったので、うしろに下がった。

「島には、盗む価値があるようなものはない。なんでも必要なものを持っていってくれ。肉、ミルク、チーズは豊富にある」

「そういってくれてありがとう。なにも盗むつもりはない。パイプラインと呼ばれる国際犯罪組織を阻止するために来たんだ。聞いたことがあるか？」

修道士の顔から血の気が引いた。「犯罪？　ここで？　この島で？　ありえない」

「それに、パイプラインも聞いたことがないんだな？　アレクサンドロス・カトラキスは？　銃や麻薬の密売は？」

「いや、まったく知らない」

「知っていることをいってくれ」

「暴力的なあんたたちが、平和の神にささげられた島に立っていることしか知らない。あんたたちのたましいのために祈る」

「そうしてくれ」カブリーヨはいった。「わたしたちには、たぶんそれが必要だ」

打ち捨てられた修道院をもう一度捜索しても時間の無駄だと思い、カブリーヨは宙で指をまわして、ゴメスに離陸準備をするよう合図した。カブリーヨは副操縦士席に乗り、あとの三人もキャビンに乗り込んだ。まもなくＡＷ６０９が耳を聾する爆音とともに離昇した。ローターの吹きおろしで叩かれているにもかかわらずまっすぐ立っているラザラスのほうを、カブリーヨは見おろした。ティルトローター機が旋回して飛び去るまで、ラザラスはカブリーヨの目を昂然《こうぜん》と睨んでいた。

聖なる島への飛行は、まったくの無駄足だった。カブリーヨは選択肢をあれこれ考えた。メリハと合流し、彼女の父親と握手してから、つぎの行動を計画するのが、最善の策のようだった。

66

トルコ、エディルネ、数時間前

小規模な地方空港があっさりと着陸を承認したので、ゴメスのティルトローター機は、ヘリコプター・モードで轟音《ごうおん》を響かせながら着陸した。珍しい飛行機とおりてきた美女に、地元住民は目をそばだてた。轟然と空に飛んでいったティルトローター機に注意が向いているあいだに、メリハは黄色いタクシーに乗って、すばやく空港を離れた。

メリハの父親が収監されていた刑務所は、活気のある街から北にかなり離れたところにあるが、教えられた住所は郊外だった。メリハは父親の電話に二度かけたが、父親は出なかった。携帯電話を充電するのを忘れているにちがいない。メリハの父親はいろいろな面で優秀だが、テクノロジーが好きではなく、とまどうことが多かった。

メリハは、空港で目にした驚くべき光景に住民たちとおなじように心を奪われているタクシーの運転手と丁重に話をしたが、情報をあたえないように用心していた。気前のいいチップを期待して、金持ちか重要人物なのかもしれないと探りを入れているだけかもしれない。しかし、トルコの情報機関の諜報員か、情報提供者の可能性もある——国家情報機構《MIT》は国内で幅広い保安活動を行なっているし、メリハは要注意人物のリストの上のほうに載っている。

タクシーは、かなりひっそりした道路の突き当たりにある、質素な二階建ての家の前でとまった。メリハはタクシーをおりて、運転手にトルコリラの分厚い札束も渡した。運転手は感謝の言葉をまくしたてたが、メリハが手をふって追い払うまで、走り去ろうとしなかった。

父親が玄関ドアから跳び出して歓迎してくれるのをすこし期待しながら、メリハはその家の短い階段を昇っていった。呼び鈴を押したが、だれも答えなかった。客間の窓から覗いたが、なにも見えなかった。明かりは消えていて、テレビもついていなかった。だれも住んでいないように見えた。携帯電話を見て、教えられた住所にまちがいないことを、あらためてたしかめた。まちがいなかった。ジャーナリストという職業柄、身についた習慣で恐怖よりは好奇心にかられた。かなりの力でドアをノックすると、ノックの勢いでドアがあいた。

メリハはなかにはいった。かび臭く、煙草の不快なにおいがする部屋だった。住宅ではなく、刑務所が所有している、刑期を終えた受刑者の社会復帰用施設ではないかと思った。父親は刑務所から解放されたばかりなので、つじつまが合う。

「父さん《パパ》？　そこにいるの？」

重い足音が天井に響いた。メリハは笑みを浮かべた。父親はすこし耳が遠い。

メリハは父親の名前を呼び、階段を駆けあがった。足音は、廊下の突き当たりにある部屋のドアの向こうから聞こえていた。メリハはドアをあけた。

メリハの父親は、なにもない部屋のまんなかで、手足を縛られ、猿轡《さるぐつわ》を噛《か》まされて、椅子に座っていた。いかにも悪党らしい小柄な男が横に立ち、メリハの父親の頭に銃を向けていた。安物のスーツを着たもうひとりが、壁にもたれて、煙草を吸っていた。

「あなたたちはだれ？」メリハは、父親のいましめを解こうとして突進しながら、激しい口調でいった。メリハが近づくと、銃を持った男にバックハンドで殴られ、床に倒れ込んだ。

猿轡の下で、父親が怒りの声をあげた。額の血管が、破れそうなくらい膨れた。

煙草を吸っていた男がそばにきて、殴られてまだ茫然としているメリハのそばでしゃがんだ。

「カトラキスさんが、おまえに会いたいそうだ」

67

トルコ、マルマラ海

アルキタス・カトラキスにとって、この世で怖いのは父親だけで、これまでの仕事のなかでもっとも重要な今回の仕事も含めて、あたえられた仕事すべてに成功を収めてきたのは、その恐怖ゆえだった。

十二日前にカニオン魚雷を回収してからいままで、狡猾《こうかつ》なギリシャ人のアルキタスは、任務を完遂しなければならないという激しい重圧を感じていた。世界でもっとも往来が激しい常設航路《シーレーン》をずっと航行していたが、どうにか探知や捕捉を免れている。インド海軍フリゲートとのきわどい遭遇と、地中海東部の激しい嵐が、父親の計画を妨げそうになったが、結果としてこの最終中継点までカニオンを運ぶことができた。

ガリポリの街のそばを自分の船が通過するとき、アルキタスはブリッジに立っていた。ウィンストン・チャーチルのトルコに対する軍事作戦が惨敗を喫して悪評を浴びた場所だった。

チャーチルとはちがい、アルキタスの父親の軍事作戦は失敗しないはずだった。ダーダネルズと呼ばれるこの水域——アルキタスの父親はいまだにギリシャ名のヘレスポントで呼ぶ——は、歴史上、きわめて重要な役割を演じてきた。南のエーゲ海から北のマルマラ海に通じる狭隘《きょうあい》な海峡は、アジアとヨーロッパを隔て、東と西を隔てる海の境界線だった。まさにそのヘレスポントで、ペルシアの暴君クセルクセスが、ギリシャを滅ぼそうとして大規模な侵攻部隊で渡海しようとしたが、船をつないだ橋を神々によって破壊された。誇り高いクセルクセス一世は、怒りのあまり、ヘレスポントを罰するために鎖の笞で三百回水を叩いた。クセルクセスがそんなふうに傲慢《ごうまん》だったおかげで、古代ギリシャはペルシア王を打ち負かして、この海峡の対岸のアジアに押し戻した。

現代のトルコは、おなじ傲慢さでギリシャに屈辱をあたえているが、きょうの自分の行動は古代のペルシアの暴君よりずっと危険なトルコの支配者に、無残な敗北をもたらすはずだと、アルキタスは確信していた。ギリシャが勃興《ぼっこう》して、以前の栄光を取り戻すことを、アルキタスは願っていたが、それは無理だろう。ほんとうに重要なのは、カトラキス一族が生き延びて、黄金の不死鳥のように、くすぶる灰燼《かいじん》のなかから蘇り、とてつもない富をものにすることだった。

投錨したとたんに、アルキタスは元気になった。この十二日間の重圧と、父親の期待を裏切るかもしれないという深刻な恐怖は消え去った。混雑していて危険要因が多い世界最悪の難所、ダーダネルズ海峡を通って、カニオンを運ぶことができたのだ。マルマラ海にはいる前に、機関長がカニオンのハードウェアとソフトウェアの診断を終え、投下を承認していた。視程内にトルコ海軍艦艇はいないと、電探員が断言していたし、気象状況は申し分なかった。

理論上は、カニオンを中継点まで輸送せずに、インド洋からイスタンブールまで自律駛走《しそう》するようプログラミングすることも可能だった。ステルス設計のカニオンは、障害物回避能力とAI航法ソフトウェアを備えているので、駛走中に探知されたり、衝突したりするのを回避できるはずだった。ペトロシアン博士はカニオンのシステムに全幅の信頼を寄せていたが、それでも現実の世界に到着を遅らせる未知の要素が無数にあるのを懸念していた。そのため、目につかない〈マウンテン・スター〉でカニオンを輸送するのが、もっとも安全な方策だとされた。人間の船乗りは航法の面では優秀なコンピューターに劣るが、変化する状況への適応力はずっと優れているし、人間は危険な水域を千年以上、航海してきた経験があるので、かなり信頼できる。

投錨の三十分後、〈マウンテン・スター〉の竜骨扉《キール・ドア》があき、カニオンが所定の位置におろされて、ダイバーが索具をはずした。

「モーター接続」アルキタスの機関長がいった。

「接続。カニオン発進」

アルキタスは、大きなデジタル時計のタイマーをセットした。カニオンはここまで四〇〇〇海里以上を運ばれていた。ここから最終目的地までは、わずか九時間で駛走できる。あらかじめプログラミングされたその座標はボスポラス海峡の入口で、真向かいに古代コンスタンチノープルの真髄だったハギア・ソフィア聖堂がある。かつては、この都市でキリスト教徒のもっとも神聖な聖地だったが、トプラク政権下で不敬なイスラム教礼拝所に変えられた。

カニオンはできるだけ海底に接近し、探知されないように最小雷速で自律駛走する。爆発の効果が最大になるように、グレインジャーとトプラクの両大統領とＮＡＴＯ各国の大臣三十人が集合し、会議全体が世界に向けてもっとも大々的にテレビ中継される瞬間に起爆するようにプログラミングしてある。

アルキタスと乗組員が爆発の効果と死の灰を避けるために離脱するには、九時間あればじゅうぶんだった。壊滅したイスタンブールは、汚染された海水に囲まれることになる。

アルキタスは、笑みを浮かべているブリッジの乗組員の顔を見まわした。彼らは任務を完遂し、それを自慢に思っている。祝いの言葉をかけたくなるのを、アルキタスはこらえた。ダイバーを回収して、キールドアを閉ざすことも含めて、まだ作業がいくつも残っている。

これからはカニオンが精彩を放つ番だ。

68

オレゴン号

パイプラインの手がかりがなにひとつないので、カブリーヨはあてどなくオレゴン号をイスタンブールに向けた。NATO会議が頂点に達しているので、数々の警備手段のために港付近は混雑しているにちがいない。

カブリーヨは、オレゴン号の食堂で料理を受け取る列に並び、一九五八年型ハーレー・ダビッドソン・デュオグライドのレストアに一から取り組んでいるという機関員の話を熱心に聞いていた。

きょうのランチには、ハイランドの鹿肉《しかにく》、子牛肉のミートローフ、天然の鮭《さけ》のステーキ、みずみずしい野菜とポテトのサイドディッシュが供されている。鹿肉と鮭のいいにおいで、腹が鳴り、どちらも味見したくてカブリーヨはうずうずしていた。

エリック・ストーンが、戸口からカブリーヨの視線を捉えた。急いでいることがわかる表情で、タブレットを持っていた。

カブリーヨは列の自分の順番を渋々明け渡し、エリックのほうへ行った。

「どうした、ストーニー？」

「いい報せです。チームが最近のＤＥＡの監視を調べてて、これを見つけました」

「待て。どうやってＤＥＡの監視画像を手に入れた？」

「正式の経路では時間がかかりすぎるので、データベースにハッキングで侵入しました」

カブリーヨは、許可を得るよりもあとで謝るようにしろと、部下を訓練していた。国家安全保障が危険にさらされ、時間がきわめて重要なときは、ことにそのほうが望ましい。

「話してくれ」

タブレットのスクリーンが見えるように、エリックがカブリーヨに近づいた。エリックが再生ボタンを押した。望遠レンズを使ったために画像が揺れていたが、墓場での葬儀の動画が映っていた。

「これはなんだ？」

「数週間前にアルメニアのエレヴァンで行なわれた葬式です。でも、見てください……ここを」エリックがスクリーンをタップすると、動画が停止した。ひとりの男の顔を囲むように、エリックが丸を描いた。「ダヴィド・ハコビアンです」

「アルメニアに？　まちがいないか？　グレンデールを出たことは一度もないと、オーヴァーホルトがいっていたぞ」

「DEAの顔認証ソフトウェアが同定しました。ハコビアンの甥《おい》の葬式だったんです」

「わかった。納得がいく。たぶん。で、これを見せた理由は？」

エリックが再生ボタンを押してから、またすぐに動画をとめた。ちがう男のまわりに、丸を描いた。

「これはアレクサンドロス・カトラキスです。カトラキス海運CEOの」

カブリーヨは、驚いて片方の眉をあげた。「偶然か？」

「ちがいます」エリックが、べつの短い動画を呼び出した。「これは四十二分後の動画です」ハコビアンがアレクサンドロスに挨拶《あいさつ》をして、ふたりともアレクサンドロスのメルセデスのリムジンに乗り込むところが映っていた。短いカットがはいり、リムジンが走り去った。

カブリーヨは、タブレットを受け取って、エリックの説明を聞きながら、動画をもう一度再生した。

「ぼくたちはすでにパイプラインとアルバニア人のつながりを見つけました。カトラキスとアルバニア人、ハコビアンとアルバニア人との結び付きもつかんでます。これでカトラキスとハコビアンが結び付きました。カトラキス組織とハコビアンは、パイプライン方程式の右辺と左辺だと思います」

カブリーヨは、エリックの肩を叩いた。「よくやった、ストーニー。きみも、きみのチームも」

エリックが顔を輝かして、指を一本立て、テレビのコマーシャルで商品を売り込む口調をまねた。

「ちょっと待ってください！　まだあるんですよ！」

エリックがタブレットを取り戻し、べつの動画を呼び出した。早送りして、葬儀に列席していたべつの男の頭を丸で囲み、カブリーヨにタブレットを渡した。

カブリーヨは、その顔をしげしげと見た。見おぼえがなかった。「まったくわからない」

「アルテム・ペトロシアン博士という人物です」

「アルメニア人か？」

「アルメニア系ですが、国籍はロシア人です。ＣＩＡが付箋《フラグ》をつけたのは、連邦保安庁《FSB》が最重要参考人に指定したからです。どうやら、行方不明になったようです」

「それが重要な理由は……」

「理由は、ペトロシアンがロシアの深海調査本部の主任AIソフトウェアプログラマーだからです」

「GUGIか」カブリーヨは、考えながら頭を掻いた。「ちょっと待て。そこは〈ペンザ〉の基地だな？」

エリックがうなずいた。「そのとおりです。〈ペンザ〉の初航海は、約四週間前に、ムルマンスク発でした」

カブリーヨは指を鳴らした。「それに、〈ペンザ〉はカニオン魚雷の母艦だ。つまり、カニオンのシステムのソフトウェアは、おそらくペトロシアンが設計した」

「まちがいないでしょう」

カブリーヨは、世界の終わりをもたらしかねないその魚雷のことを、よく知っていた。その魚雷がこの世の終わりをもたらす実存の脅威なのか、それとも、ロシアによくある泡沫兵器《ヴェーパーウエア》――開発中にさかんに宣伝されても実現する見込みがない装備――なのかと、さまざまな軍事雑誌でさかんに議論がなされている。敵は現場を見ていない批評家が思っているよりも有能だと想定することで、カブリーヨはこれまで生き延びてきた。だから、脅威ではないことが立証されるまで、カニオンは実存する脅威だというのが、カブリーヨの考えだった。

「つまり、ＦＳＢがこのペトロシアンという男を捜しているとすると、まだ生きていると思っているんだろうな。ペトロシアンを捕まえれば、諜報活動においてものすごく画期的な成果になる。ＣＩＡが関心を抱いているのも当然だ。この男が亡命したとしても、われわれの側には来ていない。だからＣＩＡが目をつけているんだ」

「亡命はひとつの可能性です。ただ逃げてるのかもしれない」

「どんな理由で？」

「破壊工作です。〈ペンザ〉とカニオンが行方不明になったのではないかというおしゃべり《チャター》（さまざまな情報源から集めた音声・文字情報）がひろがってます」

いくら敵国の人間とはいえ、潜水艦の乗組員がすべて深海でわびしく死んでいくことを思い、カブリーヨは暗い気持ちになった――まして、売国奴《ばいこくど》のために死ぬとは。アメリカの情報機関とアメリカにとっては、〈ペンザ〉の乗組員がまだ生きているほうがありがたい。

「べつの可能性があるかもしれない」カブリーヨの頭脳は、事案想定《シナリオ》をいくつも思い描いていた。きわめて恐ろしいものもあった。

エリックが、不思議そうな顔をした。「たとえば、どんな？」

「潜水艦がどこで行方不明になったか、見当がつかないか？」

「データを読んだ限りでは、北極の海氷の下に潜航して、われわれの監視をふり切ってます。その後どこにいたのか、見当がつきません。でも、インド洋にいるロシアの最新型潜水艦救難艦を、国家偵察局《NRO》が識別したところです。その救難艦はベスチェル級深海救難艇を搭載してます。〈ペンザ〉の位置が最後に確認されたのは、その近辺だと思います」

「見せてくれ」

エリックが、インド洋で投錨している救難艦〈イーゴリ・ベルーソフ〉のリアルタイム衛星動画を呼び出した。カブリーヨは、パズルのピースを当てはめようとして、それをじっと観察した。頭脳がいくつもの事実をルービックキューブのようにぐるぐるまわしていた。

「葬式について話してくれ。動画を調べてみたんだろう?」

「書き起こしを何度も読みました。予想どおり、ちょっとしたやりとりがいっぱいありました。〝甥ごさんを亡くされてお気の毒です〟といったようなことです」

「ほかには?」

「トルコ語とアゼルバイジャン語の悪態がたくさん」

「ハコビアンだな?」

「ええ、まちがいなく。彼の甥はアルメニア陸軍にいて、今年はじめのナゴルノ・カラバフ戦争で殺されました。それについても読みました。戦闘ではトルコ製ドローンが決定的な役割を果たしたみたいです」

「ハコビアンとカトラキスの会合は？　なにを話していたんだ？」

「音声がありません。メルセデスのリムジンが、電子妨害装置を使ったんだと、DEAでは考えてます」

「で、ペトロシアンは？」

「墓のそばで、ペトロシアンとハコビアンがちょっと握手しました。見た限りでは、ふたことみこと交わしてます。でも、DEAの文書には、ふたりが会ったことについての言及はなく、書き起こしもありません」

「だからといって、ハコビアンがアルメニアにいるあいだにペトロシアンと会わなかったとはいい切れない。DEAが見落としただけだ」

「そう思います」

「ペトロシアンとハコビアンはつながっている」

「ふたりともアルメニア人だということのほかに？」

「考えてもみろ。ペトロシアンは軍事科学者で、ハコビアンは大物の兵器密輸業者だ」

「ええ。つじつまが合う。ふたりは〈ペンザ〉をもっとも高値をつける買い手——中国、イラン、ことによると北朝鮮——に、売ろうとしているのかもしれません」

「〈ペンザ〉ではない」

「どうしてですか？」

「ロシア人は、われわれとおなじように愛国的だ。〈ペンザ〉の乗組員が、そんな陰謀に加担するわけがない。それに、潜水艦を盗むのは、たとえパイプラインのような犯罪組織であろうと、でかすぎる企てだ」

「それじゃ、〈ペンザ〉の乗組員は、まちがいなく死んでますね」

「そして、賞品はカニオンだ」

エリックはうなずいた。「カニオンを盗むのは、たしかにパイプラインの方針に一致してます。でも、その取引に、どうしてペトロシアンはハコビアンを加えたんでしょう？　仲介人など使わないで、いちばん高い値段をつけた相手に売ればいいだけなのに」

「ペトロシアンは、自分ひとりでやるのが怖くて、ハコビアンに仲介してもらったのかもしれない。リスクをすべて負わせて」

「つまり、ハコビアンが利益をすべて手に入れる」

「だが、ほかの可能性もある」

「というのは？」

「ハコビアンはカニオンを売るつもりはない」

エリックが、急に気づいた。

「カニオンを使いたいんだ」

「大至急、カニオンを見つけなければならない」

「海が大部分の惑星で、ステルス魚雷を見つけるのは、かなり難しいですよ」エリックがいった。「ことにAIで駛走《しそう》してますからね」

「カニオンのAIシステムは、水中で長距離の航法をやる能力があるのか？」

「問題なく。ロシアは、われわれとおなじように、海底の地形図を大量に作成してます。ことにこの地域は」

カブリーヨは、エリックのタブレットを指差した。「それをもう一度見せてくれ」

エリックが、タブレットを渡した。

カブリーヨは、エリックが用意していたインド洋の地図と、ロシアの潜水艦救難艦の位置を見た。

「カニオンは、核弾頭で津波を起こして、沿岸部の都市を破壊するように設計されている。人口が密集している沿岸部の都市は、数限りなくある」

「まだ爆発してないから、どこかへ向かってる途中にちがいない」エリックがいった。

「でも、どこへ行くんだろう？」

「それが問題だ。これはまったくの憶測だが、〈ペンザ〉がインド洋で沈められたのは、ハコビアンのターゲットがそこから攻撃できる距離だからだろう。そうでなかったら、どこかべつの場所で沈められたはずだ」

「カニオンは原子力を使うので、世界中どこでも、それが行きたいところがターゲットになりますよ」

「技術的にはそのとおりだ。しかし、ターゲットになりそうなこの都市すべての近くに、混雑する航路、水中のパイプライン、あらゆる予測できない危険要因がある」

「AI航法システムは、そういったものすべてを避けるように設計されてます」

「たしかに。だが、AIは完全ではない。手持ちの弾丸が一発しかないとき、船舶で混雑している海を何千海里も横断するのに、きみはAI航法を信頼するか?」

エリックは首をふった。「いいえ。リスクが大きすぎる」

「だから、ハコビアンはカニオンを船で運んだと思う。そうすれば、カニオンが探知されるのも防げる」

「それでも、ぼくたちはおなじ問題を抱え込むことになります。混雑した大洋にいる船一隻に隠されてるステルス魚雷を、どうやって見つけるんですか?」

カブリーヨは、またタブレットを見た。

「最近、レーダーが故障したフリゲートに関する海軍の報告を受け取っただろう?」

エリックが気づいて、目を丸くした。

「そうだった。インド海軍フリゲートが、民間の船と遭遇したあと、レーダーが故障したんでした。レーダー・スプーフィングを受けたと、艦長が上官に報告してます。〈ペンザ〉の最終位置と、そう遠くない」

「その船の名は？」

「思い出せませんが、その船はＡＩＳを切っていたということです。船名を伝えたとしても、偽でしょう」

「その謎の船がカニオンを運んでいたという気がする」カブリーヨはいった。「ほんとうにパイプラインの作戦だとしたら、十中八九、カトラキス造船が建造した船だろう。そのつながりを追えばいい」

「レーダーをスプーフィングできて、ＡＩＳを発信していなかったということは、その船を突き止めるには、衛星が光学機器で撮影した画像を手に入れて、目視で追跡しないといけない」

「まず、全長二四メートルの魚雷を積める船かどうか、確認してくれ。そういう船だったら、すぐさまそれが最後に寄った港まで逆にたどれ。それでほんものの船籍がわかるだろう。なにか見つけたら、すぐに連絡してくれ」

「アイ、会長」

「急いでくれ。敵はもうフィールドに出ているし、すでに第四クオーターにはいっているという気がする」

69

ステルス性のカニオンを見つけるための、次善の手がかりは、ハコビアンだった。高齢のアルメニア人密輸業者についてオーヴァーホルトが調べあげたことを、知る必要がある。ＣＩＡで師だったオーヴァーホルトに電話をかけたが、メッセージを残さなければならなかった。ＮＡＴＯ会議とまもなくイスタンブールで行なわれる大統領サミットの要用に忙殺されているにちがいない。

カブリーヨは、コーヒーを持って自分の船室へ行った。そこでオーヴァーホルトが携帯電話に折り返しかけてきた。カブリーヨは、スピーカーに切り換えた。

「ファン、愛しい息子。待たせてすまない」

「〈ペンザ〉が行方不明です」

「いったいどうしてそれを知った？　その情報は完全な必知事項《ニード・トゥー・ノウ》（公的業務の実施にその情報を必要とする人間にだけ教えられる事項）だぞ。まあ、どのみちきみには知らされるだろう。しかし、どういうふうに突き止めたのか、教えてくれ」

「ＣＩＡがペトロシアンという人物に付箋《フラグ》をつけ――」

「行方不明のソフトウェアエンジニアだな」

「ハコビアンとつながりがあると確信しています。監視チームからハコビアンについてなにか連絡は？」

「アンズの木を熱心に刈り込んでいるというだけだ」オーヴァーホルトはいった。

「〈ペンザ〉とどうつながっているんだ？」

「確実なことは、まだなにもつかんでいません。でも、ハコビアンが陰の原動力だと、わたしの勘が叫んでいます。ペトロシアンとハコビアンは、エレヴァンで、ハコビアンの甥の葬儀で会っています。〈ペンザ〉はその直後に行方不明になりました」

「証拠としては、だいぶ薄弱だな」

「ニクソン政権以来、ハコビアンはグレンデールを一度も離れていないといいましたよね。エレヴァンへ行ったのは、きわめて重要な事柄に引き寄せられたからでしょう」

「甥の葬儀なんだろう。じゅうぶんな理由じゃないか」

「わたしたちはさらに調べました。ハコビアンにはアルメニアに住む弟がいて、数年前に死んでいます。ハコビアンは葬儀には出席しないで、花を送りました。義理の姉のときも、自分の母親のときも、葬儀に出席していません」

「いいたいことはわかる。しかし、家族の義務をこれまで果たしていなかったのを悔やんで、埋め合わせをしたのかもしれない」

「たしかにそうかもしれません。でも、葬儀はべつのなにかをごまかすための隠れ蓑《みの》だったのかもしれない」

「パイプラインの事業か？」オーヴァーホルトはきいた。

「おそらくそうでしょう。アレクサンドロス・カトラキスも葬儀に来ていたのを発見しましたし、彼がハコビアンと会合したのを示す動画もあります」

「カトラキス？　陰謀の線が濃厚になったな」

「これがパイプラインとからんでいるのか、もっと重大なことが関係しているのか、よくわからないんです」

「しかし、あとのほうだと思いかけているんだな」

「ペトロシアンは〈ペンザ〉消失と関係しているようだし、ハコビアンと結び付いているかもしれない」カブリーヨはいった。「ハコビアンとカトラキス組織との結び付きと、ふたりがパイプラインと結び付いていることは、すでに突き止めました。パイプラインはなにをやっているのか？　武器も含めた密輸です」

「〈ペンザ〉は全長一一〇メートルだ。潜水艦を乗組員ごと盗んで売るとは考えられない」

「だから、ターゲットはカニオン魚雷だったと考えています」

オーヴァーホルトが、溜息をついた。「この世の終わりをもたらすロシアの兵器だな。それで、〈ペンザ〉は？」

「十中八九、乗組員もろとも破壊されたでしょう」

「それで、きみの暫定的な推論は？」

「カニオンが〈ペンザ〉から盗まれて、貨物船に積まれたというのが、精いっぱいの推測です」

「なぜだ？」オーヴァーホルトがきき返した。「カニオンは自律水中駛走が可能な魚雷で、原子力だから燃料補給もいらない」

「それでも、混雑した航路では脆弱《ぜいじゃく》です。予想外の危険要因、機械的故障、その他もろもろ。予定のターゲット近くまで船で輸送し、そこから自律駛走するという段取りのほうが安全です」

「その貨物船の位置を突き止めたのか？」

「いまエリック・ストーンに調べさせています」

「ターゲットの見当は？」

「エリックが貨物船を発見できれば、ターゲットがわかるはずです」カブリーヨの携帯電話が光った。エリックが電話してきたのだ。「噂をすれば……ラング、ちょっと待ってください」

「いいとも」

カブリーヨは、オーヴァーホルトとの通話にエリックを加えた。

「ラング、エリックも電話に加わりました。エリック、なにを見つけてくれたんだ?」

「会長がいったとおり、謎の船を前に寄った港まで逆にたどりました——シンガポールです。AISと港長の記録で、〈マウンテン・スター〉だと確認しました」

「すばらしい、エリック」オーヴァーホルトがいった。「お手柄だ」

「カトラキスの船なんだな?」カブリーヨはきいた。

「船籍があやふやなんです。どこで建造されたのかわからない。でも、船主をラス・キーフォーヴァーに調べてもらい、ダヴィド・ハコビアンが所有するダミー会社までたどりました」

「大当たり!」カブリーヨはいった。

「きみがいった結び付きは、結局、薄弱ではなかった」オーヴァーホルトがいった。

「いま、〈マウンテン・スター〉はどこだ?」カブリーヨはきいた。

「AISによれば、全速力でバルセロナに向かってます」

「西ヨーロッパか?」オーヴァーホルトがきいた。「イタリア、フランス、スペイン、北アフリカ——ターゲットはどこにでもある」

「ちがうと思います」エリックがいった。「NROの衛星画像データベースにアクセスしました。さいわい、かなり長期の記録が保存されてます。航海の最後のほうで〈マウンテン・スター〉はスエズ運河を北に抜けてから、エーゲ海とダーダネルズ海峡を通り、マルマラ海に達しました。そこでの動きが異様なんです。約一時間、投錨してから、出発しました」

「港にいたのか？」オーヴァーホルトがきいた。

「いいえ。ダーダネルズ海峡を出たところで、主要航路からはずれた場所です。揚錨するとすぐに、大きなUターンをして、高速で海峡から出ました。いまもその速力を維持してます。会長、投錨した位置を記した衛星地図のリンクを送りました」

「その船は、火傷《やけど》をした猫みたいに走っている」オーヴァーホルトがいった。「その位置からできるだけ早く逃げようとしている」

「投錨したのは、何時間前だ？」ノートパソコンに地図を呼び出しながら、カブリーヨはきいた。

「八時間前です」

カブリーヨは、エリックの地図をざっと見た。エリックが説明したとおり、〈マウンテン・スター〉の進路がデジタルの線で表示されていた。船のアイコンはいまエーゲ海の南にある。だが、カブリーヨが注目したのはマルマラ海で〈マウンテン・スター〉が投錨した位置だった。

「ラング、NATO合同会議は、いつはじまるんですか？」

「グレインジャー大統領とトプラクは、五十八分後にNATOの大臣たちの前で演説する」

「イスタンブールがターゲットで、それが攻撃時刻にちがいない」カブリーヨはいった。

「まだぜったいに確実だというわけではない」オーヴァーホルトがいった。「そのとおりだとしても、住民千六百万人を五十八分で避難させることはできない」

「そのとおりです。しかし、サミットを延期するか、せめてグレインジャー大統領に退避してもらうことはできるでしょう」

「勘だけで？」オーヴァーホルトがいった。「大統領が同意するはずがない。国防会議の最中にテロの脅威から逃げるのは外聞がよくないし、まして脅威が出現していない。NATOの大臣たちもおなじように思うだろう。きみたちはイスタンブールからどれくらい離れているんだ？」

「五海里沖です。その地域にそちらの資産はありますか？」

「そんな短時間で準備できるものはなにもない」

「トルコ海軍も？」

「使えない」オーヴァーホルトがいった。「地域の艦艇は、対戦作戦の演習のために北の黒海に出張っている」

「こんなときに？　重要な会議なのに」エリックがきいた。

「ロシアがチキンゲームを仕掛けている。NATO国防相が会議を行なっている鼻先でボスポラス海峡を抜けるよう、イワノフ大統領が改良型のキロ型潜水艦数隻を派遣したという情報を、トルコ側が聞きつけた」

「トルコが神経質になるのも無理はないですね」カブリーヨはいった。「改良型のキロ型潜水艦を、NATOはブラックホールと呼んでいる。発見するのがほとんど不可能だからです。それに、前にもなんのとがめもなくボスポラスの厳重な警備を潜《くぐ》り抜けています」

「ロシアはNATO、ことにトルコを政治的に追い込みたいと思っている。トプラクは激怒している」オーヴァーホルトはいった。「イワノフの潜水艦を黒海で封じ込め、領海に入れないようにするために、遮掩幕《スクリーン》を張るよう、トプラクは命じた」

「つまり、カニオンを阻止できるのは、わたしたちしかいない」カブリーヨはいった。「カニオンがすでに位置についているか、駛走していると考えているんだな？」

「たしかめる方法はありません。しかし、ハコビアンは知っている。だから、カニオンを見つけるには、ハコビアンを捕らえるのが最善の方策だし、それしか方策はないかもしれない」

「これからＦＢＩに連絡する。おそらくこれは不愉快な偶然の一致で、恐れる必要はないのだろう」

「どんなときでも楽天家ですね、ラング。ハコビアンのことがわかったら、すぐに電話してください」

「そうする。それに、すばらしい働きだった、ストーン君」

「ありがとうございます」

オーヴァーホルトが、電話をきった。

「ストーニー、オプ・センターの自分のステーションにいるのか？」

「はい」

「オプ・センターのモニターに地図を表示してくれ。〈マウンテン・スター〉が投錨した投下点からイスタンブールまで、カニオンの雷道を直線で描いてほしい。わたしがそこに行くまでにそれをやって、チームにブリーフィングしてくれ。われわれは魚雷を捕まえなければならない」

「了解しました」

70

グレンデール

遠い呼び出し音が聞こえて、ＦＢＩ捜査員は夢から醒めた。まばたきして目をあけた

ここはどこだ？

記憶を探りながら、目をこすった。

車のなかではっと目を醒ました捜査員は、悪態をついた。頭が痛く、思考がぼやけていた。

いったいどれくらい眠っていたのか？　腕時計を見た。午前四時三十三分。

局が支給する携帯電話を手にした。出ていない電話が三本あった。

もう一度悪態をついて、ボイスメールをあけた。女性の局長から三度、電話がはいっていた。電話のたびに声がどんどん甲高くなっていた。だが、脳を包んでいた薄靄《うすもや》

が跡形もなく消えたのは、国家の緊急事態という言葉だった。監督官が、こっちに向かっている。

捜査員は車から跳び出し、手遅れではないことを祈りながら、ハコビアンの家の正面ドアに向けて走っていった。

令状なしに捜索し、捕縛したら、仕事を棒にふる可能性が高かったが、勤務中に眠るのもおなじことだった。自分の雇用など、どうでもよかった。国が危険にさらされていて、いま行動しなければならない。

捜査員はうめき声を漏らしてドアを押しあけた。ドアが蝶番《ちょうつがい》からはずれそうになった。拳銃を抜き、ハコビアンの名を叫び、ＦＢＩだと名乗りながら、奥へ突進した。暗い部屋をひとつずつ調べ、高齢のアルメニア人がいるとおぼしい主寝室を探した。寝室を見つけたが、寝具が乱れたベッドがあるだけで、だれもいなかった。

捜査員は拳銃を高く構え、奥のほうの半開きのドアに向けて廊下を走った。ドアを押しあけ、部屋のまんなかに聳えている影を見た。照明のスイッチを入れた。

ダヴィド・ハコビアンが、キッチンの天井の梁からぶらさがっていた。延長コードの輪で首をくくっていた。捜査員は死体には触らなかった。臭気でわかった。まちがいなく死んでいる。

捜査員は、キッチン以外の場所も調べた。キッチンのとなりにホームオフィスがあり、タイプライターと一枚の紙がそばに置いてあるデスクが目に留まった。その紙やほかのなにかに触って現場を台無しにしないように用心しながら近づいた。身を乗り出して、書いてあることを見た。

見たことがない文字で、単語をひとつも読めなかった。

捜査員は携帯電話を出して、ハコビアンについての悪い報せを局長に伝え、アルメニア語がわかるだれかを呼んでほしいと頼んだ。

71

マルマラ海

カブリーヨがオレゴン号のオプ・センターに走っていくと、エリック、マーフィー、マックス、リンダ、チームのあとの全員が、指示どおり集合していた。

カブリーヨはすぐさまカーク船長の椅子に座った。エリックの地図が、メインモニターに表示されている。投下点から、マルマラ海と黒海を結ぶ隘路《あいろ》のボスポラス海峡をまたぐイスタンブールまで、赤い線が引かれていた。

二点間の距離は、わずか六五海里だった。

「マーフ、カウントダウン・クロックを五十六分にセットしてくれ――それから、サイドモニターにイスタンブールの生画像を表示してほしい」

「アイ、会長」マーフィーが、そのふたつをやった。古都の生画像と何本も聳えるイスラム教礼拝所の尖塔《せんとう》と高層ビルが、壁の大型モニターでちらちら揺れ、デジタル時計が時間を逆に刻んだ。

カブリーヨは、まわりを見まわした。全員、カブリーヨに目の焦点を合わせていた。彼らの目に、カブリーヨは不安――と決意――を見てとった。FBIがハコビアンから情報を聞き出すことを願ってはいたが、それを当てにしてはいなかった。

「グレインジャーとトプラクの共同会見がカニオンのターゲットだと想定する。それが開始されるのは、五十六分後だ。それまでにカニオンを阻止する方法を見つけなければならない」

カブリーヨは、マーフィーを指差した。「カニオンについて説明してくれ。われわれが相手にするものについて」

「〈ペンザ〉はカニオン2ドローン魚雷一基を搭載しています。ロシアで最高のステルス・テクノロジーで、探知はほぼ不可能です。ことに低速で深く潜航しているときは、ソノブイでも発見できません。AIソフトウェアを使っているので、完全に自律してます。全長二四メートル、直径約二メートル、推定重量は一〇〇トン」

「推進は?」リンダがきいた。

「一五メガワットの原子炉が電源のポンプジェット。最大雷速は七〇ノットを超え、最大運用深度は九〇〇メートル以上」

「前にデータを読んだときは、二メガトン弾頭だったが。そうなのか?」マックスがきいた。

「それは前の世代です。〈ペンザ〉の新型カニオン2は、一〇〇メガトン弾頭を搭載してると考えられてます」

マックスが、長く口笛を吹いた。「どうしてそんなでかい弾頭を配備するんだ?」

「カニオンはこの世の終わりをもたらす兵器で、核爆発によって巨大津波を起こします。高波によって海岸線が完全に破壊され、コバルト60で汚染されます」

「津波を起こす? そんなことが可能なの?」リンダが質問した。

「アメリカ海軍はそう思ってる。第二次世界大戦末期に津波爆弾を研究してたけど、日本が降伏したので中止になった。イスタンブールはことに脆弱なんだ」

「どうして?」リンダがきいた。

マーフィーは、モニターを指差した。

「イスタンブールはヨーロッパ最大の都市で、ボスポラス海峡があいだにある。その狭い水路で、ふたつに分かれてる。カニオンは、高さ九メートルの水の壁をこしらえる――それが左右に突進する。数百万人が溺死し、さらに何キロもの範囲にいる数百万人が放射能汚染のために死ぬ。それに加えて、街のインフラ、電力、ガス、農地――あらゆるものが破壊される」

カブリーヨは、カーク船長の椅子のボタンを押して、その地域の地図を呼び出した。

「砲雷《ウエップス》、きみならイスタンブールを攻撃するとき、どこにカニオンを配置する？　精確な場所だ」

マーフィーが、キーチェーンにつけていたレーザーポインターで、地図を指した。

「イスタンブールの大部分は、マルマラ海の北端とボスポラス海峡の南端のあいだの半島にあります。ボスポラス海峡の入口に配置して準備し、探知を免れたあと、もっと狭くて航行の頻繁な水路の奥へ進めます」

「ストーニー、きみの雷道を、地図上のあらたな攻撃点と一致するように調整してくれ」

「アイ」エリックの指がキーボードの上で躍った。投下点とあらたなターゲットの座標が、三海里縮まった。

オプ・センターの緊張が高まるのを、カブリーヨは感じた。

「きみならどうやって起爆する、マーフ？」

「デジタル地形照準システムのたぐいを使います。巡航ミサイルのシステムと似てますが、水中の地形向けに設計されたやつです。指定された場所に到着すると——ドカーン！」

カブリーヨは、エリックの地図を指差した。「カニオンが最短ルートをとっていると想定しなければならない。問題は、あの雷道のどこにいるかということだ」

「七〇ノットなら、一時間以内に着きます」

カブリーヨは首をふった。「七〇ノットなら、八時間前に投下されたとすると、とっくにターゲットを攻撃していたはずだ。開会式に起爆のタイミングを合わせるために、低速で駛走していると思う。大統領ふたりが演壇に立ち、ＮＡＴＯの大臣たちがそのうしろに並び、テレビの生中継が行なわれるときに」

「すでに投下されていたんなら、カニオンは七ノット前後で駛走してることになる」

リンダがいった。

カブリーヨはうなずいた。「わたしもそう思う。つまり、カニオンの推定現在位置は、ターゲットまで七海里弱だ。誤算は許されない」

「それに、目標位置も正しく想定してないといけない」マーフィーがつけくわえた。

「岸から離れたところで起爆したいと、やつらは考えたかもしれない」

「すべての不測の事態を考えておくことはできない」カブリーヨはいった。「きみの最初の直感どおりにやろう。直感が正しいことを祈ってくれ」

「よし。方角と速力はわかった。でも、駛走深度は？　マルマラ海は子供のプールじゃない」マックスがいった。

「マルマラ海は深いけど、ボスポラス海峡はわりあい浅い」マーフィーがいった。

「イスタンブールから一五海里以内を調べたら、水深は平均六〇メートルくらいだ」

「それなら、われわれの計画にうってつけだ」カブリーヨはいった。

「で、どんな計画だ?」マックスがきいた。

「カニオン自体が爆発するといけないから、魚雷で攻撃するわけにはいけない。放射性物質が海にひろがるのも困る」

「それじゃ、どうやって阻止するんだ?」

カブリーヨは、マーフィーのほうを向いた。「カニオンの設計図を見つけてくれ」

「どうやって? ロシアが公表してるはずがないし」

「それなら、工夫しろ」

「時間はどれくらいあるのかな?」

「ない。さっさとやれ」

「アイ、会長」

「マックス、操船を任せる」

「アイ」

「リンダ、きみとわたしはムーンプールへ行く。ものすごくいかれたことを思いついた」

リンダが、にやにや笑った。「いつだってそうじゃないの」

答を待たずに、リンダはドアへ走っていった。ムーンプールで必要とされるとすると、どういう仕事を割り当てられるかはわかっている。

カブリーヨは、ほかにいくつか命令をどなった。しゃべりながら頭のなかで計画を仕上げていた。そういう大胆な行動に非凡な叡智が備わっていることを、だいぶ前に発見していた。

カブリーヨはマーフィーに、目当てのものを教え、ウェットスーツを着ているあいだにムーンプールに連絡しろと命じた。

カブリーヨの部下がそれぞれに割り当てられた作業を開始し、オプ・センターでの動きがあわただしくなった。

カブリーヨは最後にもう一度、イスタンブールの映像をちらりと見た。ハコビアンが口を割って、カニオンが潜んでいる位置を教えれば、万事はしごく単純になる。十分以内に、オーヴァーホルトがその情報を引き出すことを、カブリーヨは願った。

だが、願いは計画ではない。

カブリーヨはデジタル時計を見た。

あと四十六分。時間はどんどん過ぎていく。

オプ・センターから駆け出した。この計画を成功させるのに、時間が足りない。それに、予備の計画はない。

72

リンダ・ロスは、凄腕の船長だった。だが、ほんとうにすぐれた技倆を発揮するのは、オレゴン号の潜水艇二艘を操縦しているときだった。

小型でステルス性の高い〈ゲイター〉は、競走馬、リンダの〝水中フェラーリ〟で、水上速力は五〇ノットに達し、戦闘員の迅速《じんそく》な潜入と脱出に使用される。

だが、今回リンダが操縦しているのは、頑丈で速力の遅い〈ノーマド〉だった。水中での本格的な修理・回収作業のために最近、再艤装して性能を向上させた。〈チックタック〉のハードキャンディのような丸っこい形で、艇首に三つ舷窓《げんそう》があり、強力なキセノンライトで照らしながら、関節のあるメカニカルアームを動かすことができる。アームにはNASAが採用しているような把持力《グリップ》の強い手があり、すぐにつぶれるタツノオトシゴのようなものをつまんだり、金属を引き裂いたりできる。そういう重機並みの能力を備えるために速力を犠牲にしているので、モーター駆動での最大速力の一二ノットだった。いま、リンダはその最大速力で航走していた。

だが、またカニオンを目視できていなかった。

リンダはスクリーンを見て、エリックが描いた雷道のまんなかにいることをたしかめた。深度計はカニオンが駛走しているとおぼしい六〇メートルを示している。イスタンブールは後方にあり、カニオンは正面にいるはずだった。いなかった。

全長二四メートルのカニオン魚雷が、マーフィーがいったようにステルス性が高いとしたら、反響測距《アクティヴ》ソナーと聴音《パッシヴ》ソナーのどちらでも探知できないにちがいない——ソナーでは見逃しても気づかないおそれがある。カニオンの位置と深度は、どちらも憶測による予想だった。カニオンはすでにここを通過しているのではないか？　予想よりも深いところを駛走しているか、予想とはちがう針路をとっているのではないか？

見逃したかもしれないという思いを、リンダはふり払うことができなかった。ジョイスティック型の操舵装置をめいっぱい押して、〈ノーマド〉を方向転換し、カニオンがすり抜けていないことを確認したかった。

操舵装置を、リンダは強く握りしめた。

「会長——」

「宜候《ようそろ》」カブリーヨが遮った。

心を読まれてるのかしら？

カブリーヨの自信に満ちた声を聞いて、リンダはたちまち落ち着いた。

手の力が抜け、動悸《どうき》が収まった。

「アイ」

リンダは、肺のなかの空気を清めるために、深く息を吸った――そして、前方の闇で影が形をなすのを捉えた。

あそこだ。

ゆっくり駛走する魚雷の丸い先端が、一〇〇メートル前方の一〇メートル下に現われた。

「見つけた」

「近いのか？」カブリーヨが、通信装置できいた。

「じゅうぶんに近いわ。機動して位置につく。準備はいい？」

「いいよ」

リンダの指がジョイスティックとスロットルレバーをたくみに操作し、その場で一八〇度方向転換して、カニオンとおなじように、イスタンブールのほうを向いた。カニオンの先端の衝突防止センサーに探知されるのを避けるために、六メートル下をカニオンが通過するのを待った。

　信じられないことに、カニオンはリンダのソナー・ディスプレイに物体として映らず、なにもない空間をこしらえていた。カニオンの精確な雷速を計器で測ることもできなかったが、カブリーヨの計算どおり、ぴったり七ノットにちがいないと、リンダは判断した。

　ここまでは順調だ。

「任せたぞ」カブリーヨはいった。

カブリーヨは、ムーンプールでウェットスーツを着ているあいだに、計画を説明した。タイミングが重要だった。リンダが任務で自分の役割を果たせなかったら、カブリーヨも自分の役割を果たせず、カニオンは目標位置に到達する。

カニオンの最後部が真下を通ったとき、リンダは緊急推進器《スラスター》をそっと作動して降下し、〈ノーマド〉をカニオンのまうしろのすこし上に進めた。足もとにあるいちばん低い舷窓から覗き、〈ノーマド〉が近くにいるのに気づいていないらしいカニオンの針路に合わせた。

　ここからはつぎの段階だ。

　リンダは、七ノットをすこし超える速力に加速した。カニオンに追いつくためだが、追い抜かないようにする。

いた。この世の終わりのような出来事まであと二十八分。リンダは、〈ノーマド〉をじりじりとカニオンに近づけた。速力はカニオンよりわずかに速いだけだった。のるかそるかだ。

　リンダは、副操縦士席のマーフィーのほうを向いた。「出番よ、坊や」

「アイ」

　カニオンを阻止する計画を立てたのは、マーフィーではなかったが、計画が全面的に依存している計算を行なったのはマーフィーだった。数値がまちがっていた場合のために、マーフィーは作戦に参加することを望んだ。それに、マーフィーほどメカニカルアームを器用に操作できる乗組員は、ほかにはいない。ひとつの狂いもない正確な操作が求められるのだ。

　メカニカルアームと手は、マーフィーの腕と手に取り付けられた制御装置《コントローラー》と連動する。つまり、〈ノーマド〉の両腕と手は、前腕と指の筋肉と電気インパルスに導かれて、マーフィーの両腕と手が動くとおりに動く。

　マーフィーは、アームを全長一八〇センチまでめいっぱいのばし、〈ノーマド〉がじりじり間を詰めるあいだに鉤爪《かぎづめ》をひらいた。カニオンの尾部にある、カウリング——ポンプジェットを保護するための薄い鋼鉄の環——がターゲットだった。〈ノーマド〉はカニオンの航跡の乱流の上にいたので、リンダが安定した航走をつづけるのは容易だった。マーフィーが操作している鉤爪が、いっぱいにのばされて、つかむ位置の上になるまで、そろそろと近づけていった。

マーフィーが指を曲げて合わせると、鉤爪がカウリングの鋼鉄の枠をがっちり握った。核爆発でもない限り、その把持《グリップ》から逃れることはできない。事実上、カウリングに溶接されたのとおなじだった。

マーフィーが、満足して笑みを浮かべた。「ロックした」

「完璧」リンダがいった。「よし、やるわよ」

リンダは、モーターを後進にして、〈ノーマド〉の速力を——カニオンの速力も——三ノットまで落とした。

どれだけもつかは、だれにもわからない。

「会長、出番よ」

「アイ」カブリーヨは通信装置でいった。

リンダは、カウントダウン・クロックをちらりと見た。

間に合わないかもしれない。

73

「行くぞ」

カブリーヨの一体化ダイビングマスクはレギュレーターを内蔵しているので、ワイヤレス超音波トランシーバーを使って、深度一八〇メートルまで明瞭な音声で交信できる。

ふたり同時に使用できる〈ノーマド〉の底部のエアロックから出ると、カブリーヨは水中スクーターを始動した。カワウソが氷の穴を潜り抜けて、ゆっくり流れる川に落ちていくような感じだった。

地上を進むときには、三ノット——時速五・五六キロメートル——はたいして速くないが、水中ではマヨネーズの潮に逆らって泳ぐようなものだった。しかも、エアタンクを背負い、スクーバ器材に加えて重い装備を下腹にくくりつけている。バッテリーが電源の小さな水中スクーター——把手《とって》付きの魚雷型曳航《えいこう》装置——は、水中の最大速力が四・五ノットだった。それで目的の位置まで三メートルほど、どうにかひっぱっていってくれるはずだった。

カブリーヨは水中スクーターを前方に向けたが、〈ノーマド〉とはちがって、カニオンのポンプジェットの航跡にぶつかった。そんなにひどい乱流ではなかったが、まっすぐ進むのが難しく、しかも航跡の勢いがしだいに強くなった。

「カニオンが加速してる」リンダが、通信装置で伝えた。「四ノット近い」

予想外ではなかった。カニオンは特定の時刻に特定の位置に到着するようにプログラミングされている。任務を完遂するために、針路と雷速をＡＩが調整する。雷速が落ちたのを察知すれば、出力をあげてもとの速さに戻るはずだった。

カブリーヨは水中スクーターのスロットルを動かし、フィンでキックして推進を補助した。しかし、進捗《しんちょく》はごくわずかだった。〈ノーマド〉のプロペラの回転が速くなり、モーターのうなりが大きくなるのが聞こえた。

「会長、ノーマドが最大出力に達してる。カニオンの加速を食い止められない」

「了解した」カニオンの起こす乱流が激しくなり、カブリーヨの前進を阻《はば》んだ。

「四・五ノット、なおも加速中」

カブリーヨは、水中スクーターの小型だが強力なバッテリーから最大限の電圧をえようとして、スロットルを握りしめ、同時にフィンで力いっぱいキックした。脈が速くなり、脚はすでに灼《や》けるように痛かったが、一寸刻みに近づくのが精いっぱいだった。

砂利《じゃり》の山を駆けあがろうとしているようだと、カブリーヨは思った。ほんのすこしずつ近づくだけでは、カニオンによじ登る前に、水中スクーターのバッテリーが切れ、自分も疲れ切ってしまう。

「リンダ——」

「緊急推進器《スラスター》——噴射！」

リンダがそう叫ぶと同時に、無理な力がかかっていた〈ノーマド〉のモーターが、水中で悲鳴をあげた。

ほんの数ミリしか離れていない鋼鉄のカウリングのほうへ、カブリーヨは片手をのばした。腕をめいっぱいのばし、反対の手で水中スクーターを安定させようとした。手袋をはめた手の指先がカウリングに触れたが、つかむことができなかった。カニオンが離れていくのがわかった。

〈ノーマド〉のバッテリーでは、カニオンの原子炉に太刀打ちできない。カニオンが速力を落とすようにひっぱる力がない。都市を破壊するというカニオンの任務を阻止することはおろか、追いつく方法すらなかった。

「気をつけて！」リンダが叫ぶと同時に、〈ノーマド〉が右にぐらりと揺れ、左に揺れてから、もとの姿勢に戻った。

その最後のねじり運動によって、カニオンの雷速が落ち、カウリングにカブリーヨの手が届いた。右手の指でなめらかな鋼鉄をつかむと、カブリーヨは水中スクーターを放した。しっかりしがみついた。巨大な魚雷のうしろで、凧《たこ》のしっぽのようにばたつき、ようやく左手もカウリングをつかんだ。

「すげえ。やった」マーフィーが、通信装置でいった。「あとすこしだ」

疲れ切っていたカブリーヨは、応答できなかった。ここまでが砂利の山を駆けあがったようなものだとすると、つぎの目標は、二〇〇キロ以上の錘《おもり》を足首につないで、ヨセミテ国立公園のエル・キャピタンの絶壁をフリークライミングで登るにひとしい。

「五・八ノット」リンダがいった。「加速中」

カブリーヨのつぎの目標は、カウリングの前端、十二時の位置にある垂直尾翼だった。それを梯子の横木の代わりにして、魚雷の形状が変化しているところまで、前部に向けて数メートル進むつもりだった。カウリングとフィンがある尾部は、前部に向けてアイスクリームのコーンのようにすぼまっている。ポンプジェットが噴出しているのは、コーンの後端だった。だが、マーフィーの計算によれば、カブリーヨはすぼまっている部分に向けて進まなければならない。

いまはその数メートルが、百万キロメートルに思える。

カブリーヨは深く息を吸い、つぎの登攀《とうはん》のためにエネルギーを溜めた。カニオンが加速するにつれて激しく叩きつける水に対する抵抗を減らすために、身を低くした。巨大な機械が減速するように〈ノーマド〉は精いっぱいがんばっていたが、しょせん負け戦だった。唯一の明るい情報は、カニオンが急加速せず、着実にすこしずつ推力をあげていることだった。カニオンが当初の七ノットに戻っても、やり抜けるかもしれないと、カブリーヨは希望を抱きはじめた。

それ以上速かったら、成功する見込みはない。

二分間の苦闘で、乳酸の分泌で腕と上半身が灼けるように痛みはじめたが、カブリーヨはすぼまった部分のもっとも細い個所にまたがり、両脚で力いっぱいしがみついた。股のあいだからカニオンのギアリングシステムの振動がかすかに伝わってくるだろうと思っていたが、そうではなかった。ロシアのエンジニアは、すべての部分を完全な無音駛走ができるように設計していた。

ようやく仕事に取りかかれる。

カブリーヨは、ゴムの表面に体を押しつけて、脚に固定していたダイビングナイフに手をのばした。ナイフを抜いて、両手で柄を握り、剃刀《かみそり》のように切れ味がいい先端をできるだけ前のほうに突き刺した。

マーフィーによれば、カニオンのギアリングシステムがそこにある。ギアを破壊すれば、ポンプジェットが正常に機能しなくなる。適切な設計がなされていれば、AIがその致命的故障を探知し、原子炉が過熱しないように運転を停止するはずだと、マーフィーは断言していた。カニオンは水中で完全に停止する。

「七・三ノット、加速中」リンダがいった。「カニオンは、遅れを取り戻そうとしてる。あたしのバッテリーは、フラタニティのパーティのビヤ樽《だる》みたいにからっぽになりかけてる」

押し寄せる水流のなかで、川に垂らした釣り糸のようにナイフが揺れた。カブリーヨは、把手を握る手に力をこめて、刃《やいば》を自分のほうへ引き寄せた。雷速が徐々にあがるにつれて、体の上を流れる水の重みが増したように思えた。つぎの切り込みを入れるためにナイフを抜いて、前のほうに持ちあげることができそうにない。

「後進……推力をあげろ」

ヘラクレスのような労苦で息を切らし、カブリーヨは息を吐き出すときにようやく言葉を発した。

「精いっぱいやるわ」リンダがいった。「つかまって」

「そう……するしか……ない」

カニオンが股のあいだでゆるやかに揺れるのが感じられた。飼い主の手から骨をもぎ取ろうとする犬のように、リンダが〈ノーマド〉をぎくしゃくと動かしていた。前回は、それでうまくいった。

カニオンの操舵翼面——小さなフィン四枚——が、水中で向きを変えはじめ、縦揺れを引き起こした。

リンダが、通信装置で呼びかけた。「そいつ、あたしがくっついてるのに気づいて、ふり払おうとしてる」

カブリーヨは太腿で挟む力を強めて、ナイフで平行に二本の切れ目をつけたが、ゴムをなんとか切り裂いただけだった。仕事を終えるには、もうすこしかかる。

カニオンにはべつの魂胆《こんたん》があった。

魚雷全体が、洗濯機の攪拌《かくはん》機のように急な動きで、左右に小さく動いた。カブリーヨはナイフを放してしまい、ナイフがマスクのすぐそばを飛んでいった——ぎりぎりの瞬間にカブリーヨが頭を動かさなかったら、鋭い切っ先がガラスを突き破っていたにちがいない。

カブリーヨは前に手をのばして、切り裂いたゴムの遠いほうの端をつかみ、思い切りひっぱった。世界一厳しい腕立て伏せを、のろのろやっているような気がした。ゴムのソナー覆いが剝がれることを祈った。

剝がれた。ゴムが一ミリずつ剝がれはじめた。だが、筋肉に無理がかかる動作のために、カブリーヨに残された力が枯渇《こかつ》し、握る力がどんどん弱っていった。あと数秒あれば、金属面が露出し、最後の仕事に取りかかることができる。それを終えるのにじゅうぶんなエアがタンクに残っているかどうか、わからなかった。エアがなくなるかもしれないと思いながら、カブリーヨは深く息を吸った。

カニオンには、もうひとつべつの企みがあった。

74

カニオンが軸を中心に三六〇度回転した。

カブリーヨは投げ出されてもおかしくなかった。

だが、アドレナリンの刺激で、回転する魚雷を挟んでいた脚にいっそう力がはいり、切り裂いたゴムをがっちり握りしめていたので、カブリーヨはふり落とされなかった。

突然の急回転で不意を衝かれたにもかかわらず、カブリーヨは〈ノーマド〉のメカニカルアーム二本が折れる音を聞きつけた。とたんに〈ノーマド〉とカニオンが離れた。

カニオンは一回転しただけで、目的を果たせたはずだった。しかし、AIプログラムは、もうひとつの奥の手を使った。爆発的な加速によって、猛烈な勢いで前進した。

カブリーヨは、きわどいところで頭をゴムの上に伏せた。一瞬遅れていたら、首が〈ノーマド〉のメカニカルアームのように折れて、即死していたにちがいない。

リンダの声が通信装置から雑音混じりに聞こえ、ワイヤレスの交信範囲を出たためにやがて聞こえなくなった。〈ノーマド〉はカニオンの航跡のはるか後方に取り残され、カブリーヨは加速する地獄行きのロケットに独りで乗っていた。

意志の力だけを頼りに、カブリーヨは左腕でしがみつき、上半身を持ちあげて、右手を差し入れ、下腹に固定してある吸着機雷《リンペット・マイン》を握った。

第二次世界大戦直前に考案されたリンペット・マインは、鋼鉄の船体の喫水線《きっすいせん》の下に強力な磁石で取り付けて艦船を沈没させるための小型機雷だった。カブリーヨが持っているのは、ＮＡＴＯが改良したハイテク版だった。

カブリーヨが思いついたこの計画では、喫水線どころか、もっと下に潜っている。それに、金具からはずしたリンペット・マインは、世界一強力な磁石を備えている。金属面が露出している六〇センチ前方まで進んで取り付け、大急ぎで逃げ出して、あとはリンペット・マインに任せればいいだけだった。

だが、いま上半身からリンペット・マインを遠ざけて、ゴムを剝がした金属面まで進むのは、まったく不可能だった。たった六〇センチでも、激しい水流の力に押されているので、重い機雷を押していくことができない

しっかりしがみついて待つことだけが、唯一の勝算だった。

ＡＩがほんとうに利口なら、こんな雷速で駛走していたら予定の時刻を守れないと気づくはずだ。急加速は〈ノーマド〉をふり切るためだったにちがいないと、カブリ

ーヨは思った。オレゴン号の潜水艇〈ノーマド〉は〝障害物〟だと、AIプログラムは察したのだ。その障害物から遠ざかったと判断すれば、予定の時刻を守れるように、雷速を落とすはずだ。

カブリーヨがそう思ったとたんに、カニオンがそのとおりに反応した。五ノット以下に減速した。

進むのが遅くなったとはいえ、カブリーヨは強大な水の力に抗わなければならなかった。機雷を取り付けるには、残された体力がすべて必要だった。カブリーヨはリンペット・マインの把手を両手でつかみ、露出した平らな金属面に押しつけた。磁石を作動するボタンを押すと、満足げなガタンという音とともに、リンペット・マインがくっついた。

カブリーヨは首をめぐらした。〈ノーマド〉のちぎれた鉤爪が、うしろのカウリングをしっかりつかんでいる。〈ノーマド〉は、負傷した告解者のように折れたアームを突き出し、全速力でこちらに向かっていた。はるか後方の舷窓に、リンダとマーフィーの頭がシルエットになって見えていた。

カブリーヨは決断しなければならなかった。リンペット・マインは、時限信管によって爆発する。ボタンひとつで、一分もしくは五分を選べる。五分のほうがずっと安全だ。近くで衝撃波を食らったら、死ぬおそれがある。

しかし、五分では長すぎるし、計算がまちがっていた場合、手遅れになるかもしれない。カニオンが起爆する座標が、五分以内のところだったら?

カブリーヨははっきり決断した。自分ひとりの命のために、千六百万人の命を危険にさらすことはできない。

爆発の前に到着できるくらい〈ノーマド〉が近くにいることを願い、カブリーヨは六十秒を選択した。〈ノーマド〉の船体で衝撃波を防げる——ある程度、離れることができれば。そうでなかったら、マーフィーとリンダの命を危険にさらすことになる。

カブリーヨは、リンペット・マインから手を離し、脚の力を抜いた。重さ一〇〇トンのカニオンが体の下でするすると離れていった。この数分間の超人的な労苦から全身が解放され、安堵の波に包まれた。疲労の極みに達していて、泳いで遠ざかることすらできなかった。どうでもいいと思った。泳ぐのはカニオンに任せよう。

長大な魚雷の黒い影がゆっくり進みつづけ、カブリーヨの体は浮きあがった。あらゆる常軌を逸した任務をやってきたが、なんとかやってのけることができれば、この任務はそのリストの上のほうに載るだろう。カブリーヨの気分は高揚した——。

そのとき、右脚がガクンと動いた。濁った水のなかを突き進むカニオンに、その脚がロープでつながれていた。

たしかにカニオンを殺すことができそうだったが、自分も死ぬおそれがあった。

75

任務が危険で、しかも自分の計画だったので、カブリーヨはリンペット・マインをカニオンに取り付ける作業を、だれにもやらせようとしなかった。だが、カブリーヨは自殺任務をやりたいとは思っていなかった。緊急時には〈ノーマド〉のエアロック内のリールを使ってたぐり寄せてもらうために、背中のハーネスに命綱を取り付けてあった。宇宙飛行士が宇宙遊泳をやるときに使うのとおなじ装置で、賢明な思いつきだと、取り付けたときには思った。

障害物をふり切るためにカニオンがとんでもないエスキモーロール（カヤックを転覆させてから一回転して正しい姿勢に戻ること）をやるとは、だれも予測していなかった。カニオンが三六〇度回転したときに、カウリング近くの細くなったところに命綱が巻きついて、カブリーヨの脚を押さえ込んでいた。それを感じなかったのは、押さえ込まれたのが戦闘ダイビング用の義肢だったからだ。

肉体は疲れ果てていたが、カブリーヨの頭脳はまだ鋭敏で、ほとんどの人間が呑み込まれるような恐怖をふり払った。脚に固定してあったダイビングナイフを抜こうとして手をのばし……落としたことを思い出した。

頭もそんなに鋭敏ではないのかもしれないと思い、疲れた体では叩く水流に抗えないので、仰向けになった。

「状況報告！」また通じるようになっていた通信装置で、リンダが叫んだ。「どうしたの？」

「ポケットナイフを持つのを忘れるなって、じいちゃん《アブウェロ》がいつもいっていた」カブリーヨはいった。「だけど、なくしたんだ」

「近くにいるのよ――がんばって」

「じつは、がんばりたくない」

「おれが勧めたように、五分のタイマーにしましたか？」マーフィーがきいた。

「またもやマーフィーの法則にやられた」

「おれのせいにしないで。早くそこから離れないと」

「了解した」

カブリーヨは、義肢の物入れに手を入れて、ＴＥＣトーチ（金属製の板や壁を焼き切るための装備）を出した。特殊部隊員が突入に使う道具だ。通常の戦闘ダイビングの道具として、いつも用意している。小さなバトンのような形で、強烈な熱エネルギーを秘めていて、摂氏二七六〇度の炎を二秒間発生させる。厚さ五センチの鋼板を焼き切る威力がある——細いケーブルの命綱など、いとも簡単に焼き切ることができる。

仰向けのまま左右の手を入れ替えて、ナイフと同様に取り落とすことがないように、トーチをできるだけ強く握った。手袋をはめた手の親指で安全解除スイッチを押し、焼き切ろうとするケーブルに炎が届くように、上半身を起こそうとした。

だが、力がなくなっていた。殺到する水のなかで適切な姿勢になる筋力が残っていなかった。

だいじょうぶだと自分にいい聞かせて、横向きになり、右腕をできるだけのばして、親指を発火ボタンの上で動かした。だが、精いっぱいやっても、トーチの先端を数センチ離れたケーブルに近づけることができなかった。

高温の炎が長くのびてケーブルを焼き切ってくれることを願って、トーチを点火してもいい。だが、水流が影響するもしれないし、腕がぐらつくおそれもあった。

「あと三十秒もないと思いますよ、会長」マーフィーがいった。

カブリーヨは腕をのばして力をこめ、不可能に近いことを計算した。トーチのカートリッジは一本しかないので、一度しかやれない。コイントスのようなものだった。いまやるか、あとでやるか。その決断で生死が決まる。

カブリーヨは決断した。

ケーブルを狙わず、ふくらはぎまでトーチを引き寄せて、点火ボタンを押した。アーク溶接のようにまばゆい炎がトーチからほとばしった。二秒後には、カートリッジが空になって、トーチが消えた。

カブリーヨはまだ動けなかった。

ダイビング用義肢を、完全に焼き切ることができなかった。チタン製の義肢は、水中を泳ぐのに適した重さと形状に設計されている。ふくらはぎの部分のネオプレーンは熔《と》けてなくなり、その下の焼き切れた部分が見えていたが、筒形のチタンがわずかに熔けずに残っていた。

カブリーヨは、脚であちこちを蹴り、接続部に残っていた小さなチタンを折ろうとした。針にかかった魚のようにじたばたしているうちに、金属の折れるカチリという小さな音がして、残っていたチタンの筒がようやくはずれたとわかった。カニオンは、フィンをつけた義肢の残骸を曳《ひ》いて進みつづけた。

カニオンが離れていくのを見送りながら、カブリーヨはあらためて安堵に包まれた。あらたなアドレナリンの分泌で、力が戻ってきた。両腕でかき、片脚でカエルのようにキックしながら、できるだけ遠ざかろうとした。

「あたしたち、すぐうしろにいる」リンダがいった。

「うまくやりましたね」マーフィーがつけくわえた。「ほんとうにきわどかった」

「ああ、たしかに——」

リンペット・マインが爆発した。

76

「痛っ、先生《ドク》。まぶしい」

　目をペンライトで照らされ、ジュリア・ハックスリー博士の医務室の診察テーブルに腰かけていたカブリーヨは、半眼になった。

「脳震盪《のうしんとう》の兆候はない」ジュリアがペンライトを消して、天井の照明をつけた。「運がよかったわね。今回も」

「リンダ・ロスがいたからね。運などいらない」

　爆発でカブリーヨは気を失った。だが、リンダ・ロスがずっと近くにいて、ただちに救難を行なった。身動きしていないカブリーヨの体を、〈ノーマド〉の壊れたメカニカルアームですくいあげ、ミケランジェロの〝ピエタ〟で聖母マリアがイエスを抱いているのとおなじ格好で、減圧症にかからないようにゆっくり浮上した。あらかじめ医療支援を頼んでいたので、ムーンプールに戻ったときには、ジュリアと緊急対応チームがそこにいた。なによりもカブリーヨに必要だった酸素吸入は、医務室へ行くエレベーターのなかでなされた。

カブリーヨは、診察テーブルからおりた。スーパーマラソンを立てつづけに三回やったかのように、どこもかしこも痛かったが、どこかを怪我しているような痛みではなかった。水中での過酷な試練は、これまでの人生でもっとも肉体的にきつかった。それに、任務と任務のあいだも最高の体調を維持するのがきわめて重要だということが、あらためて実証された。

「すこし休憩しなさいっていいたいけれど、いっても無駄だとわかっているわ。これが、いつもわたしたちが話し合っている年に一度の健康診断の代わりみたいなものね」

カブリーヨは笑みを浮かべた。「べつの機会にしよう」

「それはそうと、おめでとう。マーフィーが作戦を逐一説明するのを、ハリが船内放送で流したの。ずっとはらはらしていたのよ。一瞬、あなたが死ぬんじゃないかと思った」

「でも、ここにいる」

「十七分遅かったら、こうして会えなかったはずよ。グレインジャー大統領とトプラク大統領は、あなたに命を救われた借りができた」

ムーンプールのそばで担架《たんか》に載せられたとき、機関員たちが歓声をあげた理由がわかった。実況中継されていたからだ。カブリーヨは肩をすくめた。

「みんなが自分の仕事をやる。リンダとマーフィーがいなかったら、わたしは自分の仕事をやることができなかった」

「あなたはものすごいことをやったのよ、ファン。トルコ人千六百万人も、おなじことをいうと思う」

ジュリアは、そこでやめた。カブリーヨが誉め言葉をあまり好きではないのを知っていたからだ。しかし、カブリーヨは友人だし、彼のことを誇りに思っていた。

だが、ジュリアはなんといっても医師だった。

「それで、頭痛はないのね？　耳鳴りは？　わたしが知っておくべきことが、なにかある？」

カブリーヨは、自分の体を見おろした。ちりめん紙の手術用ガウンしか着ていない。傷がないか調べるために、ウェットスーツなどは脱がされていた。

「正直なところ、アスピリンを二錠飲んで着替えればだいじょうぶだ。あと、コーヒーを二杯。おっと、義肢も」切断した脚を持ちあげてみせた。

ジュリーが笑みを浮かべた。「すぐに届くわ」

ジュリーがドアを閉めて、診察室を出ていった。カブリーヨはしばし診察テーブルで横になることにした。

万事がうまくいったので、カブリーヨはほっとしていた。しかし、仕事はまだ終わっていない。エレベーターが上昇しているときに、リンダが話した。カニオンは駛走を停止し、狙いどおり爆発により浸水して、後部からあっというまに沈んでいった。じきに海底に鎮座するはずだった。

問題は、それをどうするかということだった。

ムーンプールから船内に積み込むか、あるいは曳航できるかどうか、マックスに相談してもいい。だが、浸水した核魚雷には触りたくない。引き揚げたり、輸送したりするときに、うっかり環境破壊を引き起こすかもしれない——弾頭が起爆するおそれがあるのは、いうまでもない。

かといって、そのままにしておくことはできない。バトンをだれかに渡す必要がある。しかし、だれに？

カブリーヨは上半身を起こして、診察テーブルの端から跳びおりると、片脚で壁の電話のほうへ行った。

「ハリ、〈ローロデックス〉で調べて、電話をかけてもらいたい」

「だれの番号を探せばいいんですか？」

「海軍海洋システムズ・コマンドのリチャード・デリンジャー博士だ。ワシントンDCの旧海軍工廠《こうしょう》にいる」

「つながったら、衛星電話に接続します」
「ありがとう、ハリ」

77

三十分後、カブリーヨはいれたてのブラックコーヒーが湯気をあげているカップを、片手で持っていた。オプ・センターの張り詰めたエネルギーが感じられた。だれもが近づいてきて、カニオン任務の成功を祝う言葉をかけたいと思っていたが、マックスに禁じられた。カブリーヨの流儀ではないからだ。

それよりも、仕事に戻るほうが重要だった。

カブリーヨは、旧友のデリンジャー博士と、衛星携帯電話で話をした——オフレコで。デリンジャーは海洋システムズ・コマンドの上級ディレクターだが、以前は海軍のダイバーで、こういった作戦を担当する海洋工学部門の潜水救助監督官《SUPSALV》をつとめていた。カブリーヨは、カニオンの位置と性質をデリンジャーに説明して、オーヴァーホルトと協力して作業を進めるよう頼んだ。八時間以内に有能なサルベージ作業主任とともにイスタンブールへ行って、回収作業の調整を開始すると、デリンジャーが約束した。

つづいてカブリーヨはオーヴァーホルトに連絡し、最新の状況を伝えた。ボイスメールを残さなければならなかった。意外ではなかった。ちょうどグレインジャー大統領とトプラク大統領が、NATO会議を主宰しているころだった。

定位置を維持して、航行中の船舶をカニオンから遠ざけるのが、いまのオレゴン号の任務だった。水中監視ドローン二台を使って、休火山のように海底に鎮座しているカニオンにも目を配っていた。

メリハの父親との再会はどうなったのだろうと、カブリーヨは怪訝に思った。メリハに電話しようかと思ったが、邪魔をしないことにした。適切なときにメリハのほうから電話してくるはずだ。

指揮ステーションの椅子を、カブリーヨはまわした。

「会長、オーヴァーホルトさんから電話です」

「ここにつないでくれ」カブリーヨは、ワイヤレス・ヘッドセットをかけた。

「アイ」

カブリーヨは、コンソールのボタンを押した。

「ラング、電話してくれてありがとう」

「きみはすばらしい報せをボイスメールに残してくれた、ファン。よくやった。わたしからのお祝いを乗組員に伝えてくれ」

「伝えます。会議はどうですか？」

「外交がどんなものか、知っているだろう。舞踏会のダンスと手段を選ばない格闘技の組み合わせだ。どちらも得意ではない連中が、それをやる。しかし、とにかくトプラクは出席している。まったく現われないか、口実をつけて憤然と退席するのではないかと、なかば予想していた。全体として、大成功だろうな。それに、デリンジャー博士のことも朗報だ。賢明な措置だった」

「博士に、まずそちらに連絡するようにいったのは、費用を払ってもらうことになるからです。博士のチームが到着するまで、ここにじっとしています」

「すばらしい」

「ハコビアンについて、ＦＢＩはなにを見つけたんですか？」

「それも電話した理由のひとつだ。ハコビアンの自殺遺書の文面がメールで届いた」

「自殺？　いつですか？」

「十二時間たっていないとＦＢＩは推定している。遺体が発見されたのは数時間前だ。あとで調書を送る」

「二十四時間態勢で監視されていたのだと思っていました」

「そうだったが、ＦＢＩはいかなる令状もとれなかったので、すべてを監視するのに二人組のチームしか用意できなかった。予算の制約があるんだろう」

「つまり、トレンチコートではなく、イチジクの葉っぱ一枚だった。遺書にはなにが書いてありましたか?」

「アルメニア系アメリカ人のFBI捜査員を見つけなければならなかった。ぜんぶいう必要はないだろうが、わたしが注目したのは、この文言だ。〝テレビを消したとたんに、わたしの人生は完了したとわかった。わたしは刑務所で死ぬつもりはない。ひとつの都市が水没し、ひとつの都市が焼け落ちた華麗な光景が目に焼きついたままのときに、みずからの手で命を絶つ。すべてのトルコ人に死を!〟」

「筋が通らない」カブリーヨはいった。「ふたつの点で」

「あいかわらず鋭い推理だ」

「ひとつ、まだ起きていないことだった。ふたつ、それを過去形で書いている。べつの宇宙のタイムトラベラーか、頭がとことんいかれているのでなければ、胡散臭《うさんくさ》いですね」

「わたしもそう思う。反社会的な頭のいかれた人間なら、どうやって数百万人を虐殺するつもりにせよ、自分の恐ろしい仕事の結末を見届けたいにちがいない。イスタンブールの会議は、前回のオリンピック以来の規模でテレビ中継され、ストリーミングされている行事だ。高解像度のテレビでそれを見る前に、あの世へ歩み去るはずがない。殺人にちがいない。つまり、自殺に見せかけた殺人だ」

「カトラキス一族の仕業にちがいない。盗人に仁義もへったくれもないというやつですよ」

「おなじ結論だ。真相はあとで探ればいい」

「ひとつの都市が水没し、ひとつの都市が焼け落ちたと書いてあるのは、どういう意味だと思いますか？　ひとつのおなじ都市のことなのか、それともべつべつの都市のことなのか？」

「カニオンが津波と核爆発でイスタンブールを破壊することを、くどく表現しているとは考えられないか」

「しかし、ひとつの都市が水没して焼け落ちた、とは書かれていません。不定冠詞がふたつある。名詞が二度使われている」カブリーヨはいった。「べつべつの都市だとすると、心配です」

「その文を二度、われわれの局員が検討した。もとの字句どおり翻訳されているということだった。さあ、電話したわけがわかっただろう」

カブリーヨにはもちろんわかっていた。その重大な意味合いが、熔けた鉛のように、全身を覆った。

「もうひとつ、救わなければならない都市がある」

カブリーヨは、オプ・センターの全員がやりとりを聞いていたことに気づいていなかった。だが、〝救わなければならない都市〟という言葉に、チーム全員が椅子に座ったままでカブリーヨのほうを向いた。彼らの顔には、カブリーヨとおなじように不安がにじんでいた。

「イスタンブールは明らかにカニオンのターゲットだった。もうひとつの都市がどこなのか、見当はつくか？」オーヴァーホルトがきいた。「すぐに思いつくのはアンカラだ。首都だし、トルコで二番目に人口が多い」

「アンカラではありません」

「では、どこだ？」

「イズミルです」

「どうしてそういえる？」オーヴァーホルトはきいた。

「時間が空いていたときに、カトラキス一族の歴史についてチームが調査した資料を読みました。イズミルは、ギリシャ領だったときには、スミュルナと呼ばれていました。アレクサンドロスの祖母は、そこで生まれています。一九二二年にトルコ軍によって街が破壊されたときに、その女性はどうにか脱出しました。トルコ軍はギリシャ人の市民を街路で虐殺し、街を焼き払いました」

「一族の復讐か。史上最古のたぐいの。やつらは、それとおなじことをやろうとしている」

「わたしもそう思います。〝ひとつの都市が焼け落ちた〟——四百五十万人の住民とともに」

「場所はわかった。方法はわかるか？」オーヴァーホルトがきいた。

「思いついたことがあります」

「イズミルに注意を集中してくれ。カニオン回収はわたしが処理する」

「デリンジャー博士に、すでに座標を伝えてあります。博士が行く前に、だれかが偶然に見つけるようなことがなければいいんですが」

「すぐに取りかかれ。時間がどれほど残っているのかわからない。まったくないかもしれない」

「了解しました」

カブリーヨは通話を終え、ヘッドセットをはずして立ちあがった。

「だいたいの話は聞いたはずだ。われわれの仕事は、まだ半分しか終わっていない。なにを相手にすることになるのか、はっきりとはわからないが、なにが危険にさらされているかはわかっている」

カブリーヨは、エリック・ストーンのほうを向いた。

「操舵《ヘルム》、イズミルに針路を定め、前進全速」

78

ボスポラス海峡からエーゲ海に至る全域の現状を光学機器で捉えた画像が、オプ・センターの隔壁のメインモニターに映っていた。青い円は、赤い円に囲まれているイズミルへ急行するオレゴン号だった。

エリックは、スロットルを全開にしていた。何気なく見ただけでも、全長一八〇メートルの大型貨物船が六〇ノットに近い速力で航走しているのは、度肝を抜くような光景だった。やむをえなかった。オレゴン号が注意を惹くのは望ましくないが、イズミルまでかなり距離があるし、時間が逼迫《ひっぱく》している。

「敵がどこを攻撃するつもりかは、わかってる」マックスがいった。「しかし、カトラキス組織はそれをどうやるんだ？　またカニオンか？」

「あるいは、十八輪トレイラートラックに積んだ汚い爆弾かも」マーフィーがいった。

「遮るものがなにもない街を破壊する方法は無数にある」

「それはそうだが」カブリーヨはいった。「ファロス島で見たものについての直感をふり払うことができない。乾ドックに、LNGタンカー一隻分の空きがあった。新建造で、進水したばかりだった」

「うひゃー!」マックスがいった。「液化天然ガス《LNG》か? 恐ろしい代物だ。LNGタンカー一隻には、広島に落とされた原爆五十発分の爆発力があると、どこかで読んだことがある」

「理論的にはね」リンダがいった。「現実には、液化天然ガスはとても安全よ。零下一六〇度っていう超低温で輸送されるし、加圧されていない。LNGを可燃性の燃料に変えるには、特殊な指定された施設で加熱してガスに変えないといけないのよ。でも、冷却して液化した状態なら、ぜんぜん危険じゃない」

マックスが肩をすくめた。「それじゃ、砲雷《ウェップス》のいうとおりかもしれない。汚い爆弾か、盗んだミサイルか。そんなものを探すべきじゃないか」

カブリーヨは電話機を取って、エディー・センの番号にかけた。「エディー、きみたちのクラウド・ファイル解読に、進展はあったか?」

「じつは、〈クレイ〉コンピューターがいま解読したところです。ファイルをスキャンしています。ほとんどが財務です。麻薬や武器に関して、重要な手がかりはありません。ラス・キーフォーヴァーのところへ送って、見てもらいます」

「カトラキス造船は現実に操業している。建造している船の設計図はないか?」

「ファイルをメインフレームに送りました。一分でそっちに行きます」

「オプ・センターに来てくれ。モニターで見よう」

「ああ、全ファイルを見つけました」

マウスのカチカチという音が、電話から聞こえた。

「調べます」


一分後、エディーはノートパソコンを持って、オプ・センターに立っていた。壁のモニターに設計図のフォルダーが表示されていたので、それに接続した。

「とくに探しているものは？」

「LNGタンカーだ」カブリーヨはいった。「建造されたばかりだ。ファロス島に、竣工直前のタンカーが二隻あったのを、憶えているだろう」

「憶えています。考えてみれば、べつの一隻が進水したばかりのようでしたね」

「マーフ、手伝ってくれないか？」エディーはいった。オプ・センターのコンピューター端末はすべてメインフレームに接続できるので、おなじ設計図のフォルダーを見ることができる。

「エリック、前にアクセスしたNROの衛星データにまだつながっているか？」

「ぼくのノートパソコンに表示してますよ」

「ファロス島の造船所の画像を呼び出してくれ。いなくなっているタンカーを見つけて、追跡してくれ。何日か前まで戻らないといけない。たぶん二週間前まで」

「アイ」

チームが作業に取りかかると、カブリーヨはカーク船長の椅子にドサッと座った。前世代の外套と短剣《クローク・アンド・ダガー》と呼ばれたスパイ活動——自分がやってきたことだと、カブリーヨは思い出した——は、ほとんどがコンピューターのキーボードのカチャカチャという音と、CPUの絶え間ない低いうなりに取って代わられた。

数分後に、マーフィーとエリックがほとんど同時に叫んだ。

「見つけた」

〈キュベレー〉という船名のLNGタンカーの青写真のような設計図が、現況を表示している地図のとなりの第二モニターに表示された。ファロス島から出航する〈キュベレー〉の記録動画が、第三モニターに表示された。

エリックが、記録動画を指差した。

「四日前に撮られたものです。どこへ向かっているか確認するために、早回しします」

エリックが、マウスで動画を先へ進めた。タンカーはピレウス港に近い島に向けてものすごい勢いで西進し、そこで繋留した。

「LNG積み込み施設です」

「ガソリンスタンドか」マックスがいった。「満タンにしてるんだな」

「つぎはどこへ行く?」カブリーヨはきいた。

エリックが、動画を先へ進めた。

「だめだ……だめだ……だめだ……だめだ……だめだーッ!」マーフィーが、真《ま》っ蒼《さお》な顔で座席からいきなり立ちあがった。

全員の目が、そっちを向いた。

「なにがだめなんだ?」カブリーヨはきいた。

マーフィーが、第二モニターに呼び出した設計図を指差した。

「あの船。タンカーじゃない。ヘルバーナーだ!」

79

「一体全体、ヘルバーナーってなんだ?」マックスがきいた。

〈コーポレーション〉に参加する前のマーフィーは、世界最先端の兵器設計者だった。だから、兵器設計史の愛好家でもある。

「紀元前五世紀、スパルタが世界初の火船《ファイアシップ》を建造して、ペロポネソス戦争でアテネに対して使った。薪《まき》を満載して火をつけ、風下のギリシャ戦列に送り込んで、ギリシャの兵船を燃やした。その千年後に、イタリア人技師が――」

「もっと早送りできないか?」カブリーヨは頼んだ。

「すみません。要するに、イタリアはガレオン船に三トン以上の火薬を積んで、いちどの爆発でスペイン船多数を破壊しました。それを焼き討ち船《ヘルバーナー》と呼んだんです。その時点では、人類史上最大の爆発だったんです」

カブリーヨは眉根を寄せた。「しかし、ＬＮＧは危険ではないと、リンダがいった」

「そのとおりです」

マーフィーが、キーチェーンにつけたレーザーポインターで、設計図を指した。

「LNGが冷却され、液状であれば、安全です。でも、気化すると、きわめて爆発力が強くなります。一九四四年にクリーヴランドの二・六平方キロメートルが、LNGのガス漏れ事故のために全焼しました。これだけの大きさのタンカーだと、その二十倍の規模のガス漏れになります。被害はとてつもなく大きいでしょうね」

「どうやればそれができるのか、説明してくれ」

マーフィーが、自動化された放出弁、パイプ、スイッチ、排気孔を指差した。

「気化したLNGを適切に混合すると、恐ろしいものになります。これらのシステムは、そのために設計されてます。適切な混合比で気化されたLNGを暖かい空気のなかに放出し、点火します。点火された気化LNGの炎が、タンクに逆戻りし、LNGが急激に超高温になり、気化します――それも数ナノ秒で――爆発が起き、火球ができます」

「燃料気化爆弾みたいに」マックスがいった。

「たしかに原理はおなじです。仕様によれば、このタンカーはLNG三千万ガロンを積むことができます。その積載能力からして、〈キュベレー〉はイズミルくらいの大きさの都市をひとつの火球で焼き尽くすことができます。でも、もっと最悪の事態になります」

「どんなふうに？」カプリーヨはきいた。

「イズミルについて統計を調べたんですが、トルコ最大のＬＮＧ施設があります。一日にＬＮＧタンカー四隻が繋船《けいせん》しています。カトラキスが攻撃のタイミングをうまく合わせたら、施設全体——そこにいるタンカー、貯蔵施設、稼働中のパイプライン、などを爆破できるかもしれない。そのあとでなにが起きるかは、神のみぞ知るです」

「会長、これを見て」リンダ・ロスが、自分のステーションにべつのページを呼び出して、モニターに送った。

カプリーヨは、そのシステムをすぐに見分けた。必要とあれば自動制御装置だけで完全に操船できるように、カプリーヨ自身がオレゴン号を設計していた。それとおなじシステムだった。

「乗組員六人分の船室がある。だが、だれもいなくても航走できる」

「すごい。無人焼き討ち船《ヘルバーナー・ドローン》か」

「まさにそのとおり」

「会長、もうひとつ問題があります」マーフィーがいった。

カプリーヨは、兵装ステーションでマーフィーと向き合った。「まだあるのか？」

「この船は、コンテナに収めた自動化対艦・対空ミサイルで武装してます」

「エリック、マーフが設計図で見つけたものを、目視で確認できるか？」

「確認してみます」

エリックが、ギリシャのLNG施設に停泊していたときの〈キュベレー〉の静止画像を拡大した。ヘルメットをかぶってブリッジの張り出し甲板に立っている男が見えるほどだった。エリックは、コンテナに収められた兵器を探すために、画像を動かした。「待ってくれ、エリック。その男を識別できるか?」カブリーヨはきいた。

エリックが即座に、〈クレイ〉の顔認証プログラムを立ちあげ、陰になっている男の横顔に照準環を重ねた。早送りキーを叩いて、ひとコマずつ進め、男が見あげる画像を見つけた。それによって、〈クレイ〉は明確に顔を識別した。画面に現われたのは、LNG施設に雇われている中国人の名前だった。カブリーヨは、オプ・センターの全員とおなじようにがっかりした。アレクサンドロス・カトラキスの名前が出てくるのを期待していた。

「おい、あれはなんだ?」マックスがきいた。「扇形船尾にある」

エリックが、画像を巻き戻して、ズームした。見慣れた大きなものが、カンバスに覆われて、固定してあった。

「チョコレートの行くところ、ナッツありってわけだ」マックスがいった。「あれはAWだ」

カブリーヨはうなずいた。アレクサンドロス・カトラキスの顔ではなかったが、それに次ぐ貴重な画像だった。聖なる島へ行く手がかりになったのは、AW609ティルトローター機だった。そのハイテク・ティルトローター機はごく少数しかないので、指紋なみの証拠になる。

「まちがいなくこのタンカーが、われわれのターゲットだ」カブリーヨはいった。「さて、これを見つけなければならない。エリック、動画を現在まで早送りしてくれ」

「アイ」

巨大なタンカーがLNG施設から出航し、トルコ沿岸に向けて一直線に航行するのを、全員が見守った。時間がたつにつれて画像が暗くなり、日暮れが近づき、日没が訪れた——現在の時間とおなじだ。そこからは生の動画になった。

〈キュベレー〉は、イズミルに向けて突進していた。

オプ・センターから空気が吸い出されたかのように、沈黙が垂れこめた——じっさい、そんな感じだった。

オレゴン号のいまの位置では、遠すぎて間に合わない。

80

〈キュベレー〉

ソクラティス・カトラキスは、アルメニア人の若い女戦士の近くでしゃがみ、彼女の顔に触れた。冷蔵されていた死体は冷たかったが、指先の感触は心地よかった。

「なんという無駄だ」近くに立っていたアレクサンドロス・カトラキスがいった。

「きれいな娘《こ》なのに」

「無駄ではない」高齢のソクラティスは立ちあがった。「この死は彼女の無意味な人生に目的をあたえるのだ」

そのアルメニア人の若い女は、船のあちこちの区画に配置された戦士の死体の最後の一体だった——すべては、カトラキス一族を護るための巧妙な骨折りの一部だった。タンカーが激しく燃えあがって全壊したあと、海中と陸地でアルメニア人のＤＮＡがいくつも発見される。ディープフェイクで作成した動画、写真、宣戦布告その他の偽物の証拠が、カトラキスが信頼しているメディア情報源から公表される。ハコビアンと結び付いているオフショア口座とダミー会社が、作戦と関連しているすべてを所有しているか、資金を出していることになる。〈マウンテン・スター〉の場合とおなじように。

これらの欺瞞《ぎまん》すべてが、ハコビアンがアルメニア人テロリストを雇って、カトラキスの船を乗っ取り、スミュルナを滅ぼす自殺任務に使ったという虚偽の情報をひろめるのに役立つはずだった。また、カトラキス海運がこのホロコーストの共犯ではないことを証明するのにも役立つ。

そう、スミュルナだ。ソクラティスはふたたび心のなかでつぶやいた。

母親の最愛の都市を〝イズミル〟というトルコ側の名称で呼ぶくらいなら、死んだほうがましだった。

「すべて準備できたか？」ソクラティスはきいた。

「すべて計画どおりです」

「すべてではない。だが、じゅうぶんだ」

老水夫のソクラティスは、若いころには船長として大海原で数々の危険な嵐を乗り切っていた。船が沈み、積荷が損なわれ、命が失われた。だが、自分さえ生き延びられれば、そんなことはどうでもよかった。

カニオンが失敗したことは明らかだった。本来なら、もうとっくにイスタンブールが壊滅したと報じられているはずだった。なにかが狂ったのだ。組織のだれかが裏切ったのか？　それはありそうにない。近しい家族を除けば、ごく少数の人間しか知らないし、血は確実な絆《きずな》だ。家族以外の人間は、飽くことのない貪欲と、たましいを押し潰されそうな恐怖によって結束している。

ハコビアンが失敗を犯したか、裏切ったにちがいない。メキシコ人どもがドジを踏んだか、殺しにしくじったか、ハコビアンと共謀して寝返ったのかもしれない。馬鹿め！　ハコビアンが持ちかけた額よりも、ずっと莫大な利益を約束することもできたのに。

どうでもいい。まだスミュルナが残っているし、こんどは最後まで自分で見届ける。

81

オレゴン号

エリック・ストーンが一枚の写真をディスプレイに表示したとき、ターゲットについての疑念は消え失せた。ライオン二頭が牽く四輪車の玉座に座っている女の像が、そこに映っていた。

「聖なる島の礼拝堂にあったブロンズ像はこれに似てますよね」エリックがいった。「会長が送ってくれた写真をもとにして見つけたんです。これはイズミルのモスクにあります。キュベレーといって、スミュルナの守護女神です」

「イズミルはもともと、古代ギリシャの街スミュルナだった」カブリーヨはいった。「われわれが追っているLNGタンカーの船名が〈キュベレー〉なのは、偶然ではありえない。ターゲットはその街だ」

オレゴン号はとてつもない速力でイズミルに向けて航走していたが、それでもなお、

〈キュベレー〉は手の届かないところにいた。

カブリーヨには、〈キュベレー〉を攻撃する長距離運動エネルギー兵器があるが、LNGタンカー全体が爆発するおそれがあるので、使用する危険を冒したくなかった。たとえ港から七海里離れていても、ちょっとした狂いが生じれば、壊滅的な破壊を引き起こす可能性がある。〈キュベレー〉に火災が起きないようなやりかたで無力化したかった――それもきわめて迅速に。

カブリーヨは、頭のなかでいくつかの計算をした。これだけの高速航行でも、〈キュベレー〉を目視するまであと十五分かかる。

カブリーヨは、オレゴン号のことも心配していた。〈キュベレー〉のレーダーは、自分たちに向けて突き進んでいるオレゴン号の大きな船体を、レーダーで捉えているにちがいない。自動化されている〈キュベレー〉の射撃指揮装置が、いまにも攻撃を開始するかもしれない。

カブリーヨの選択肢はほとんど尽きていた。

ただひとつを残して。

「砲雷《ウエップス》、D‐CHAMPを準備」

マーフィーがにやりと笑った。DARPAの改良型巡航ミサイルが、カナダのラッパーの呼び名とおなじなのは、奇妙な感じだった。その最新兵器システムを実戦に近い状況でテストしてほしいと、DARPAがオレゴン号に依頼していた。これ以上、実戦に近い状況はありえないだろう。

D・CHAMP（対電子高出力電磁波先進ミサイル・プロジェクトの略）は、敵の電子機器やコンピューターを使用不能にするために設計された巡航ミサイルで、超音波を発生する電磁波砲《EMP》を保護された機体下面に取り付けてある。EMP砲は高電圧電気を収束させて発射し、遠隔操作で――今回はマーフィーが――照準をつける。

マーフィーは、急いで改良型D・CHAMPの制御ステーションへ行き、電源スイッチをいくつかはじいてから、スロットルレバーと操縦装置を握った。

「システム安全解除、準備よし」

「撃て」

「アイ、会長。スクリーンに表示します」

マーフィーがボタンをひとつ押すと、べつの隔壁のモニターに、D・CHAMPのコンテナ式発射機の生動画が表示された。オレゴン号の自動調整デジタルカメラが、暗い映像を補正した。マーフィーがべつのボタンを押すと、発射機の覆いがはずれ、白熱した炎がカメラのセンサーを狂わせてなにも見えなくなった。カメラがそれに対して補正し、鮮明な画像が復活した。白い排気の雲がもくもくと湧き起こって、あたり一面がぼやけていた。

D‐CHAMPが飛んでいった。

マーフィーが、デジタル追跡画像を、べつのモニターに呼び出した。オプ・センターの全員が、ミサイルの動きに目を釘付けにしていた。巡航ミサイルは時速九六五キロメートルなので、〈キュベレー〉が対空ミサイルを発射したら、回避できない。できるだけ水面近くを飛翔し、レーダー探知を避けるのが、それに対する唯一の防御策だった。

D‐CHAMPが生き延びられたかどうかは、十四秒後にわかる。

その直後、何海里も進んだところで、D‐CHAMPがエーゲ海の水面すれすれを飛ぶように、マーフィーが確実に操縦していた。レーダー探知を避け、なおかつうねる三角波にぶつからないようにしなければならない。

〈キュベレー〉は、トルコ沿岸に向けて高速で東進していた。マーフィーはD‐CHAMPを〈キュベレー〉の船尾の約一海里うしろで南に向けて飛ばしていた。たとえ〈キュベレー〉のレーダーに探知されたとしても、衝突針路ではないので、手遅れになるまで脅威だとは識別されないはずだった。

ターゲットまで四分の一海里に達すると、マーフィーはD‐CHAMPを九〇度方向転換し、〈キュベレー〉に向けて飛ばした。近すぎるので、〈キュベレー〉は対空ミサイルを使えない。その位置からマーフィーは、D‐CHAMPに取り付けられたEMP砲で照射した。

マーフィーは、〈キュベレー〉に電磁パルスのシャワーを浴びせた。DARPAの仕様によれば、一度の照射でターゲットを機能不全にできるはずだったが、十数回分のエネルギーがあるので、何度も撃つつもりだった。〈キュベレー〉が死んでもなお、とどめを刺しておきたい。

〈キュベレー〉

ソクラティス・カトラキスは、水面の四五メートルほど上で、明かりが消えている自動化されたブリッジの窓近くに立ち、遠くできらきら輝いているスミュルナの街の明かりを見つめていた。いつもの癖で顎鬚をひっぱろうとしたが、剃り落としたことを思い出した。修道院をあとにしたときに、顎鬚をのばし放しにすることも含めた苦行をやめた。髭をきれいに剃るのは、ひさしぶりだった。若返ったような心地がした。

ソクラティスの息子のアレクサンドロスが、近くの計器盤の前に立っていて、電話を切ったところだった。

「乗組員はティルトローター機に乗りました」アレクサンドロスがいった。「用意ができたら、いつでも離船できます」

ソクラティスは、骨の髄まで満足して、深い嘆息を漏らした。この夜が来るのを生涯待ちつづけていたのだ。スミュルナは、一時間以内に葬送の炎が荒れ狂う混沌《こんとん》になる。そうなったときに、この船に乗っていたくはない。最初の爆発が起きたときには、ソクラティスもアレクサンドロスも、港から遠い安全なところで仲間といっしょに空高く上昇している。そこでティルトローター機からすさまじい光景を鳥瞰《ちょうかん》して楽しむつもりだった。

「時間だ」ソクラティスがいって、向きを変えた。

モニターの警報が鳴った。

「なんだ?」ソクラティスがきいたとき、アレクサンドロスがべつのステーションへ走っていった。だが、この船の設計を手伝ったソクラティスにはわかっていた。対空レーダーが、ターゲットを探知したのだ。

ふたりの視界よりもずっと下で水面すれすれを飛ぶミサイルの耳を聾する爆音が突然轟《とどろ》いて、それを裏付けた。

アレクサンドロスが計器盤に手をのばす前に、あらゆる電子機器とそれらのライトが消えて、ふたりは闇に呑み込まれた。スミュルナの遠い輝きがちらちら揺れているのが、窓を通して見えた。

「全システム停止」アレクサンドロスがいった。

「機関も？」

「動いていません」

「電磁パルス《EMP》か？」

「おそらくそうでしょう」

どうやって？　何者が？　それはどうでもよかった。ソクラティスは、体の奥で湧き起こる怒りを押さえ込もうとした。いま抑制を失ってはならない。任務を終える最後の勝機が、ひとつ残っている。

ソクラティスはアレクサンドロスに命令をあたえて、機関室に向かった。

82

〈キュベレー〉

ソクラティスは、真っ暗な機関室を見おろす狭い歩路に立っていた。非常用品入れから持ってきたケミカルライトで、視界を照らしていた。通常なら、蒸気主機の轟音で鼓膜を痛めそうなので、イヤプロテクターをかけ、手信号で意思を疎通する。だが、いまの機関室は、墓場のように静かだった。

ソクラティスは、父親の蒸気機関推進の不定期貨物船の下甲板で、船乗りとしての仕事をはじめた。若かったソクラティスの手に火ぶくれができて血が出るまで、石炭を罐《ボイラー》にくべた。ボイラーの炎の熱を浴び、力強く信頼できる船舶用機関の奇跡的な働きが大好きになった。女を愛するように機関を愛し、その心臓の鼓動に癒《いや》された。自分の船の機関が命を失ってじっとしているのを見るのは、ハネムーンの冷たいベッドで死んだ花嫁を抱くようなものだった。

その夜、ソクラティスは激しい衝撃を味わった。

完全な勝利を目前にして、〈キュベレー〉はスミュルナの海岸線に向けて容赦なく突き進んでいた。古都は壊滅の悲運が迫っているのに気づいていなかった。

しかし、ライトが消え、電子機器が停止したとたんに、EMP攻撃を受けたことにソクラティスは気づいた。その急激な電圧の変化で、自分の心臓も一瞬とまったにちがいない。〈キュベレー〉はいま、完全な闇に包まれている。銀色の月光は、雲の幕をほとんど抜けてこない。

憎いトルコ人に襲いかかる方法が、まだひとつ残っている——だが、今夜、復讐の女神が贔屓《ひいき》してくれた場合に限られる。

LNGタンカーは、静止することなく、いまも前進をつづけている。あと五海里は、その勢いがもつはずだった。

バルブを手動であけて、暖かい鋼鉄の甲板に零度以下のLNGを流せば、引火するだけの量が気化するはずだ。完璧に近いとはいえないが、技術的には可能だ。そのあと、気化したLNGに遠くから点火すれば、船全体が爆発するだろう。

しかし、行き足は刻々と遅くなり、やがて目指すターゲットに到達する前にとまるにちがいなかった。そうなったら無力で、どうにも手の打ちようがない。

推進力を回復する必要がある。たったひとつ方法がある。

大きな足音が、うしろでひびいた。ソクラティスがふりむくと、ケミカルライトのグリーンの輝きが階段を照らし、その向こう側に息子のアレクサンドロスが現われた。アレクサンドロスは、息を切らして父親のほうへ駆け寄った。

「バルブ八つのうち六つをあけました。あとのふたつも、たいして時間はかからないでしょう」

「ティルトローター機は？」

とてつもない緊急事態のさなかでも、アレクサンドロスは父親の先見の明に、にやりと笑わずにはいられなかった。アレクサンドロスは反対したのだが、こういう事態に備えて、ティルトローター機の最新型航空電子機器を高価な軍用の対ＥＭＰ機器一式で防護しろと、ソクラティスはいい張った。

「飛行前チェックリストは完了しました。いつでも出発できる準備ができています」

「すばらしい。残りのバルブをあけたら、部下を乗り込ませろ。わたしはすぐあとで行く」

「父さん――」

「最後にもうひとつ、やることがある」

「それなら、手伝わせてください」

「いうとおりにしろ。時間がわれわれの敵だ」

「でも、父さん――」

アレクサンドロスは、言葉を呑み込んだ。自分たちが置かれている恐ろしい局面を強調するかのように、父親のグリーンの目がギラギラと激しく輝いていた。破壊される運命の傷ついたタンカーの奥底でも、ソクラティス・カトラキスに逆らうことはできない。

ソクラティスが、息子の肩に力強い手を置いた。高齢にもかかわらず、その手は鋼鉄のように固く、骨を握り潰すこともできそうだった。

「息子よ、わたしはこの復讐の瞬間を、一生ずっと待っていた。復讐を果たすのを、何事も妨げることはできない」

ソクラティスは、スミュルナでトルコ人がなんの罪もないギリシャ人を虐殺したことと、母親が遠い昔にトルコ人の蛮行に苦しんだことを、教理問答集のように唱えながら、息子たちを育てた。

アレクサンドロスがうなずいた。やらなければならないことは、なんであろうとやる。

「わかりました」

83

ファン・カブリーヨは、高性能の双眼鏡を持って、オレゴン号の偽のブリッジに立っていた。機能が麻痺《まひ》した〈キュベレー〉と、かなり距離を置いていた。観察ドローン一機が、灯火が完全に消えてゆっくり進んでいるタンカーの巨大な影の上空を飛んでいた。〈キュベレー〉は異様なほど静かで、活動している気配はなかった。

カブリーヨは、見えているもの——と見えないもの——に、嫌な感じをおぼえた。〈キュベレー〉は薄い霧に包まれ、その霧が後方にたなびいていた。船の形がよく見分けられなかった。前進しているせいで、船首だけは霧がかかっていなかった。

「あれはなんだろう?」カブリーヨはきいた。

リンダ・ロスが、双眼鏡を目に当てて、カブリーヨの横に立っていた。

「あたしたちが見てるのは、気化したLNGだと思う。乗組員がバルブをあけ、液化したガスが甲板を流れて、海に落ちる——両方ともLNGより温度が高い。タンカーの速力が落ちて、あの霧の濃度が増したら、危険な爆発物になる」

「それなら、いま撃沈すべきだ」マックスが、双眼鏡をおろしながらいった。

突然、回転があがったタービンのうなりが、静寂を破った。コウモリが獲物の位置を探知したように、カブリーヨは〈キュベレー〉の船尾のほうを向いた。歯が鳴るようなプラット&ホイットニー・エンジン二基の爆音が湧き起こり、機体が上昇するとともに、水面を渡ってきた。

「会長――敵が上昇しています！」電探員が、無線で叫んだ。

いわれるまでもなかった。ライトが消えていたが、AWティルトローター機の形をカブリーヨは見分けていた。唯一の明かりは、コクピットの計器盤の暗い照明だけだった。

「カトラキスにちがいない」マックスがいった。

「砲雷《ウエップス》、狙いを付けているか？」カブリーヨは無線できいた。

「もちろん」

「生きてるほうが、死ぬよりも使い道がある」リンダがいった。「どれだけ知ってるかわからない。逃がして追跡したらどう」

「逃がしたら、二度と見つけられないかもしれない」マックスがいった。「つぎになにを企んでるか、わかったもんじゃない」

ティルトローター機が、低く薄い雲を抜けて急上昇した。

「砲雷《ウエップス》——撃墜しろ！」

「アイ、会長」

耳をつんざく轟音とともに、対空ミサイル一基が筒形の発射機から飛び出した。たなびく炎を双眼鏡で追うまでもなかった。数秒後に、薄い雲の上で火の球が炸裂《さくれつ》した。燃える残骸が海に向けて落ちるのを、カブリーヨは目でたどった。すさまじい破壊だったから、だれも生存できなかっただろう。

「敵が墜落」

「砲雷《ウエップス》、カシュタンを準備しろ。タンクに当たってわれわれが来たる王国まで吹っ飛ばされないようにやらないといけない。船首を撃て——慎重に」

「カシュタン発射準備中」

上甲板のデリックのてっぺんにあるカシュタンの覆いが、油圧モーターで下がる音が聞こえた。六銃身の機関砲二門が、まわりはじめた。

「会長、〈キュベレー〉に人影がふたつ見えます」ゴメスの声が、無線から聞こえた。

「どこだ？」

「船首に——」

「砲雷《ウエップス》——カシュタン射撃中止」

「アイ、射撃中止」

「ゴメス、そのふたりは船首でなにをやっている？」

「はっきり見分けられませんが、縛られてるみたいです」

「識別できるか？」

「この距離では無理です」

「ドローンを降下させ、近くから見よう」

「アイ」

「ハックス、聞いているか？」

「ええ、会長」

「われわれが友人に埋め込んだGPS追跡装置の位置を教えてくれ」

「ちょっと待って……いま呼び出すから」

カブリーヨの脈拍が、暴走列車なみに速くなった。ジュリアがいう前から、答はわかっていた。

「見つけた……たいへん。彼女は〈キュベレー〉に乗っている！」

メリハと父親が、焼き討ち船《ヘルバーナー》で人質にとられているのだ。

84

カブリーヨは、つなぎになっている銀色の耐熱防護服を着て、オレゴン号のAW609ティルトローター機に乗った。ローターはすでにゆっくり回転があがっていた。エディー・セン、マクド、そのほかの戦闘員《ガンドッグズ》全員が、カブリーヨと交替するか、せめて同行したいと志願した。銃撃戦であれば、ともに戦う仲間は彼ら以外には考えられない。だが、危険地帯にもう敵はいないし、メリハの身の安全はカブリーヨの責任だった。LNGの霧は、人間とはまったくちがう野獣だ。仲間の命を、そういう未知の危険にさらすことはできない。カブリーヨは、オレゴン号に離れているよう命じた。

カブリーヨはエアを吸うためのマスクを首から吊るし、ボンベを背中に固定していた。さらに、メリハと父親のための非常用マスクを入れたスリングバッグを肩にかけていた。

「その防護服で、気化した低温のガスから護れるはずよ」ジュリア・ハックスリーがいった。「でも、長い時間もつとは当てにできない。それに、なにをやるにせよ、甲板に近づくときには、マスクをかけて」

「それに、ぐずぐずするな」タービンの甲高い音のなかで聞こえるように、マックスが大声でつけくわえた。「あのボロ船は行き足が落ちてる。LNGの霧が濃くなる」

カブリーヨは、ウインチのフックをハーネスに取り付けた。

「葉巻はだめよ」リンダがいった。「とにかく、戻ってくるまでは」

「みんな、心配性だな。すぐに戻る」カブリーヨは、マーフィーを指差した。「レイルガンを準備して、冷静に待て。わたしが命じると同時に撃て」

マーフィーがうなずき、ローターの吹きおろしのなかで、もじゃもじゃの髪が渦巻いた。

カブリーヨは、モラーマイクで指示した。「ゴメス、出撃の時間だ」

ブレードのピッチが変わり、ローターの回転が速くなると、全員がひざまずいた。空気を連打するローターの吹きおろしが、砕ける波のように脈打って彼らの体にぶつかり、全員がボウリングのピンのように倒れそうになった。

カブリーヨがチームに向けてのんびりした敬礼をしたとき、AWは離昇し、ローターの角度を変えて、闇のなかに遠ざかった。

カブリーヨとゴメスは、離船前に甲板にロープ降下する手順の詳細を決めていた。

その行動による最大の危険要因は、ティルトローター機が起こす静電気が火花を散らして、気化したLNGが引火することだった。そのため、オレゴン号の地上員は、飛行後に毎回、ティルトローター機の静電気を除去していたし、機体は放電索を備えていた。それでも、ひとつの危険要因であることに変わりはなかった。

爆発を引き起こすおそれがあるので、ホルスターに収めたFNセミオートマティック・ピストルを〈キュベレー〉の船内で発砲することもできない。その必要はないとわかっていた。敵はすでにマーフィーの対空ミサイルで始末した。だが、拳銃がないと、裸になったような気がするので、携帯していた。

強い風のなかを飛ぶのは嫌なものだが、タンカーの速力が落ちるにつれて濃くなるLNGの霧を吹き払ってくれるので、風があるほうがありがたいとゴメスは思っていた。カブリーヨは、それに次ぐ名案をゴメスに告げていた。

ゴメスは、低空をゆっくり航過し、吹きおろしができるだけ大きくなるように、エンジンの回転をできるだけ落とし、ローターのピッチを最大にして、船首から船尾まで飛び、リーフブロワーのように霧を吹き飛ばした。

つづいて、旋回してひきかえし、船首に鎖でつながれているのが見えるメリハと父親にローターの吹きおろしがじかに当たる位置について、ホヴァリングした。

カブリーヨは、血が煮えたぎるような怒りを感じた。くそったれのカトラキスは、自分の予定どおりトルコの都市が壊滅するのを見せつけるために、ふたりを特等席に鎖で縛り付けていた。

カブリーヨは、ロープの輪を乗降口から蹴りおとし、ファストロープ降下した。ティルトローター機は、まだ動いているタンカーと一定の距離を保ち、できるだけ甲板近くをホヴァリングしていた。

カブリーヨの足が甲板に着き、LNGの飛沫《しぶき》があがった。ティルトローター機の竜巻のような吹きおろしに叩かれ、うずくまってふるえているトルコ人ふたりのほうへ、カブリーヨは突進した。

「ファン——あなただとわかっていたわ」メリハがいった。「どうやって——」

「話している時間はない。これが爆発する前に、きみたちを連れ出さないといけない」

「カブリーヨさん、ありがとう!」メリハの父親が叫んだ。「どうか——お願いだから、娘を先に連れていってほしい」

「心配は無用です。ふたり用の器具で吊りあげます。でも、その前にやることがある」カブリーヨは、マジックテープを引き剝がして、ボルトカッターをハーネスからはずした。ハサミでマシュマロを切るように、長い刃でいとも簡単に強化鋼鉄の掛け金を切った。

ゴメスのティルトローター機の吹きおろしのおかげで、三人がいる狭い範囲の霧は吹き払われていた。カブリーヨはマスクを渡す手間をはぶいた。こういうときこそ、パイロットの技倆が精彩を放つ。錘付きのケーブルを狭い範囲にたくみにおろしつつ、動いているタンカーにぶつからない距離を維持しているゴメスの操縦に、カブリーヨはすっかり感心した。ハリケーンのなかで針に糸を通すようなものだ。

メリハが懸吊《けんちょう》器具に収まるのをカブリーヨが手伝っているあいだに、メリハの父親は器具を身につけた。しっかり固定されているのを念入りに確認してから、カブリーヨはゴメスに、ウインチを巻きあげるよう合図した。

ふたりの足が甲板を離れたとき、船全体が振動した。

リンダ・ロスが、無線で伝えた。

「会長――〈キュベレー〉の機関が始動した！」

85

「会長、懸吊索に体を固定してください。ここを離れましょう」ゴメスが、通信装置で呼びかけた。

カブリーヨはボルトカッターを投げ捨て、懸吊索のほうへ走っていった。ハーネスにつなごうとしてカラビナをつかんだとき、エリックが通信装置で報告した。

「船尾区画の温度が上昇してます——機関室です。火災みたいです」

カブリーヨは、〈キュベレー〉の設計図を思い浮かべた。LNGタンカーの多くとおなじように、機関用の主燃料にはタンクそのものから少量ずつ気化するボイルオフガスを利用する仕組みだった。その機能は明らかに、D-CHAMP攻撃で停止していた。

だが、このタンカーは昔ながらのディーゼル補機を備えているにちがいない。アナログで、おじいちゃんの〈ジョン・ディーア〉のトラクターみたいに信頼できる。〈キュベレー〉はふたたび徐々に速力をあげはじめた。

カブリーヨは、そのきわめて邪悪な計画に気づいた。気化したＬＮＧの炎が狙いどおりの瞬間に合わさって港に向けて突進する〈キュベレー〉が爆発することをもくろんで、カトラキスは機関室で火災を起こしたのだ。当初の狙いどおりの威力がなくても、ＬＮＧタンカーがひしめくＬＮＧ施設の近くで三〇〇〇万ガロンの可燃性液体が燃えあがる可能性はきわめて高い。

「砲雷《ウエップス》、聞いているか？」

「アイ」

「会長――懸吊索！」ゴメスが叫んだ。

カブリーヨは、それには答えなかった。

「砲雷《ウエップス》、ぶっ放せ」

「会長がまだそこにいるのに」

「命令だ。やれ！」

マーフィーが、一瞬、言葉を切った。「アイ、会長」

「ゴメス、離れろ――急げ！」

「アイ」ティルトローター機が、メリハと父親をオレゴン号にすばやく無事に送り届けるために、まっしぐらに遠ざかった。

マーフィーは、命令をあらたな方法で実行することにした。〈キュベレー〉の船首をカシュタンで吹っ飛ばすのではなく、レイルガンを使い、外科医のように精確に、喫水線のはるか下でLNGタンクに穴をあける。水面のかなり下でも貫通力を維持するタングステン・ロッドが、何本も超音速で発射され、液化天然ガスが漏れて何事もなくエーゲ海で消散する。〈キュベレー〉は爆発する前に沈没する。そうマーフィーは計算していた。

だが、〈キュベレー〉はいま推進力を取り戻し――火災が起きている。

カブリーヨは、熱源まで行かなければならなかった。補機を停止し、火災を消さない限り、〈キュベレー〉は無害な船にはならない。

一本目のタングステン・ロッドが、船首よりのタンクに突き刺さった。岩にぶつかった波が砕けるような飛沫がひろがり、カブリーヨのブーツの下で鋼鉄の甲板が揺れた。

それを合図に、カブリーヨは駆け出した。

86

霧と化しつつあるLNGの飛沫をあげながら、カブリーヨは甲板を全力で走り、船尾を目指した。

穴があいたタンクの横を駆け抜けるとき、甲板よりも高い水柱が噴きあがった。被弾のたびに鋼鉄の船体が大きく揺れた。タンクが空にならないと浸水しないことを、カブリーヨは知っていた。細いタングステン・ロッドでは、大きな穴をあけることはできない。〈キュベレー〉がいつまで沈まずにいるか、見当がつかない。

機関室に通じる船尾の梯子《ラッタル》まで行くと、カブリーヨは歩度をゆるめた。タクティカル・ライトを出して、鋼鉄の段を急いでおりていった。隔壁にぶつかったり、水密戸に跳び込んだり、踊り場に落ちたりしないように、タクティカル・ライトの明るい光で照らした。

最後の水密戸をあけたとたんに、巨大なディーゼル補機の轟音が襲いかかり、作動油の甘酸っぱいにおいがしたので、船の深奥部に達したのだとわかった。カブリーヨはマスクをつけて、なかにはいった。

最後の踊り場に着いたときに、顔の露出した部分で熱気を感じ、補機の向こう側で噴きあがっている炎がはじめて見えた。バッテリーが電源の黄色い火災警告灯が、頭上に立ち込めているどす黒い煙を貫いていた。銀色のつなぎの耐火防護服内の温度があがっていた。アルミホイルに包まれてキャンプファイアに投げ込まれたウインナソーセージになったような心地だった。

消火しなければならない。だが、その前に補機を停止する必要がある。

マーフィーのタングステン・ロッドがまた目標に命中し、鐘をハンマーで叩いたような遠い響きが船体を伝わってきた。

回転があがっているディーゼル補機の向こう側に向けて、カブリーヨは駆け出した。頭上の作動油管が切られ、熱した補機の表面に作動油が降り注いで燃えていた。補機の部品に作動油がぶつかるところが、もっとも温度が高い——しかもそこに、補機の始動/停止レバーがある。レバーを引くためだったら、片手に大火傷を負ってもいいと、カブリーヨは覚悟した。だが、息苦しい煙を透かして、レバーそのものを見ると、切り取られていた。

破壊工作。

補機をとめる方法はない。

それでも、火災が船全体を呑み込んで、ＬＮＧが引火する前に、炎を消さなければならない。消火システムを見つける必要がある。

喫水線よりも下で、鋼鉄にくるまれているので、機関室の電気系統はＤ‐ＣＨＡＭＰのＥＭＰによって壊れてはいないだろうと思った。非常用の消火システムが、とっくに作動しているはずだった——それも破壊されたにちがいない。うまくすると、加圧されたシステムをマニュアルで作動できるかもしれない。

カブリーヨは、すさまじい熱気に背を向けた。赤い二酸化炭素タンクが、奥のほうでいくつも隔壁にボルトで固定してあるのを見つけた。そこへ走っていき、赤い非常消火ボタンを押した——なにも起こらない。何度も叩いたが、無駄だった。タンクの列を見た。マニュアルに切り換えるレバーが壊されていた。

カブリーヨは、悪態をついた。

船体から前よりも大きな響きが伝わってきた。マーフィーのタングステン・ロッドが、ふたたび鋼鉄の船体を貫いたのだ。それでも〈キュベレー〉は容赦なく、イズミルをまっすぐに目指す針路を維持していた。カブリーヨたちには、それを阻止するすべがなかった。

代案その3《プランD》に切り換える潮時だ。

87

カブリーヨは水密戸のハンドルをまわして、機関室の船尾寄りの操舵機室に駆け込んだ。ブリッジからの電子的な命令で舵《かじ》を動かす油圧式ピストンロッド二本を、タクティカル・ライトで照らした。制御機器がEMP攻撃で作動しなくなったいまも、舵が針路を保っている。〈キュベレー〉をとめることができなくても、舵を動かして、イズミルからそらすことができるかもしれない。

計器盤を調べつづけるうちに、タクティカル・ライトの光が真鍮《しんちゆう》の手動操舵輪を照らした。腰の高さで、操舵機械の奥にある。

「見つけたぞ、かわいこちゃん」カブリーヨはささやき、手動操舵輪のほうへ駆け出した。歯車はなめらかに正確に動いた。カブリーヨは、一八〇度の印まで、操舵輪をまわした。舵が切られたことによって、まもなく〈キュベレー〉が円を描くはずだ。

だが、その前に、マーフィーの射撃による被害で、浸水がはじまるにちがいない。

カブリーヨはたったいま、都市を救った。つぎは炎に焼かれて死ぬ前に、自分を救わなければならない。

カブリーヨは操舵機室の水密戸から、熱の壁のなかに跳び出した。激しい炎が、怒れる海の神への供物《くもつ》でもあるかのように、大型のディーゼル補機を呑み込んでいた。機関室に充満する不快なにおいの煙から目を護るために、カブリーヨは手袋をはめた手で顔を覆った。マーフィーが発射したタングステン・ロッドが当たって、船体を弔鐘《ちょうしょう》のように鳴らした。

上甲板に通じる向かいの隔壁の梯子《ラッタル》に向けて、カブリーヨは駆け出した。機関室のすさまじい音のせいで、うしろの野獣のようなうめき声が聞こえず、肩をレンチで殴られるまでその男の存在に気づかなかった。腕全体に刺されたような痛みが走り、右腕を使えなくなった。

カブリーヨが身を低くしてさっとふりむいたとき、赤い柄のパイプレンチが頭の上からふりおろされた。頭蓋骨を撃ち砕いていたはずの一撃がはずれ、カブリーヨのうしろのパイプに叩きつけられた。

エアを吸うためのマスクで鼻と口が隠れていたが、荒々しいグリーンの目と、髭をきれいに剃っているいかつい顔を、カブリーヨは見分けた。写真ファイルにあった、ソクラティス・カトラキスだった。高齢にもかかわらず、ソクラティスはびっくりするくらい敏捷《びんしょう》で、力強かった。

気化したLNGが引火するおそれがあるので、カブリーヨは上甲板では拳銃を使いたくなかったが、機関室はどのみち燃えあがっているので、ソクラティスを拳銃で殺すのにためらいはなかった。

右腕が使えないので、カブリーヨは左腕を体の前にまわして、右ホルスターから拳銃を抜こうとした。いつもなら、一秒以下で拳銃をホルスターから抜いて撃てるのだが、グリップが左手で抜くには最悪の位置にあった――そのまま抜くと、逆向きになる。左手をひねって正しく握るための数秒間に、ソクラティスがレンチを両手で斧《おの》のように握って、高くふりあげた。

カブリーヨは、危険が迫っているのを目の隅で見て、頭にふりおろされるはずのレンチを避けるために、横に動いた。撃とうとしたときに、レンチが拳銃に叩きつけられ、その一打が指をかすめた。灼けるような痛みで手の力が抜け、拳銃が甲板に落ちてガタンという音をたてた。

ソクラティスが、パイプレンチを胸の前に持ちあげた。だが、カブリーヨに叩きつけるのではなく、剣のように構えて突き出した。重い鋼鉄の上顎と植刃《うえば》の部分が、カブリーヨの胸骨に当たったが、抗弾ベストをつけていたので、骨は折れなかった。衝撃でカブリーヨは息が詰まり、うしろによろけた。そのまま背中から隔壁に激突した。

ソクラティスがまた突進し、最後の一撃で殺すために、赤い柄のパイプレンチを頭の上にふりあげた。

右手が使えず、左手も傷ついたカブリーヨは、半身になって片方の肩を下げるしかなかった——そして突進した。

ソクラティスがレンチをふりおろすよりも早く、カブリーヨは距離を詰めた。ソクラティスの肘《ひじ》がカブリーヨの広い背中にぶつかったが、レンチはほとんど当たらなかった。カブリーヨは短距離ランナーのように両脚を交互に蹴り出し、筋肉質のソクラティスの上半身に踵《かかと》をめり込ませた。カブリーヨのほうが重く、若かったので、高齢の小柄なソクラティスは、太刀打ちできなかった。カブリーヨがソクラティスの背骨を梁に叩きつけて、レンチが落ちた。

カブリーヨは、力が弱っている脚でソクラティスを梁に押さえつけたまま背中をそらして左腕で肘打ちしようとした。だが、ソクラティスが、節くれだった左右の拳でカウンターパンチを連発し、それがカブリーヨの顔の横に当たった。目から涙が出て、耳鳴りが起きた。カブリーヨはソクラティスがくり出す拳のあいだから肘をのばして、攻撃をつづけた。一発目は狙ったところに当たらなかった。二発目でカブリーヨはうしろに全体重をかけた。狙ったとおりに肘がソクラティスの喉に命中し、喉頭《こうとう》を潰した。

ソクラティスは喉を押さえ、息を吸おうとしたが、呼吸できず、よろよろとあとずさった。カブリーヨはソクラティスのあとを追い、べつの武器を見つける前に始末するために、使える左腕を腰に巻きつけてひきずり倒した。

ソクラティスが、カブリーヨの力ない左腕のなかで体をまわし、顔につかみかかって、鉄のように固い指でカブリーヨの目をえぐり出そうとした。カブリーヨは、削岩機のような勢いでソクラティスの鼻を頭突きした。マスクのなかで血飛沫がひろがり、うしろによろけたソクラティスが、落ちないようになにかをつかもうとして両腕をひろげた。

だが、なにもつかめず、補機をむさぼり食っていた猛火のなかに転げ落ちた。気化したLNGが染み込んでいたソクラティスのオーバーオールが、溶接トーチのように火を噴いた。

潰れた喉からソクラティスが悲鳴を発したとしても、プラスティックが溶けたマスクに呑み込まれていた。ソクラティスは、甲板に倒れて、消すことのできない炎のなかでのたうった。

カブリーヨは駆け出して、傷ついた左手で動かない右腕を押さえながら、その地獄のような光景から遠ざかった。拳銃は拾わなかった。見つけたとしても、引き金を引くことができない。窒息する前に煙が充満する灼熱《しゃくねつ》地獄から脱け出さなければならない。窒息よりも恐ろしい目に遭うおそれもある。

上甲板でなにが待ち受けているかわからなかったが、はるか上に向けて、カブリーヨは階段を二段ずつ駆けあがった。

88

カブリーヨは、機関室の階段のてっぺんに達し、弱っている左手でどうにか水密戸を引きあけた。うしろでちらちら揺れている火明かりが、通路を照らしていた。痛みに顔をしかめながら、カブリーヨはポケットからタクティカル・ライトを出し、狭い通路を一気に走り抜けて、上に昇る鋼鉄の階段へ行った。遠くでまたレイルガンのタングステン・ロッドが船体に命中する音が聞こえた。船首がかすかに左に傾いているようだったが、照明がすべて消えていて、方向がわかりにくい階段にいるので、たしかではなかった。

カブリーヨは、階段を駆けあがった。上の甲板まで泳がなくてすむのが、ありがたかった。上半身を怪我しているし、ソクラティスとの戦いで疲れ切っていたので、上甲板に出たあと、沈みかけている船からどうやって逃げ出そうかと思った。

上甲板は、三層上だった。

いちばん上の踊り場に達し、傷ついた手で水密戸のハンドルを動かした。引きあけて、通路に出た。その水密戸から出たとき、オーバーオール姿の乗組員ひとりが、フラッシュライトを持って走ってくるのが目にはいった。

ふたりとも、同時に相手に気づいた。乗組員は突っ走っていた。どうするつもりなのかは、明らかだった。

カブリーヨは、その男に向けて走った。

手にしたタクティカル・ライトの光芒《こうぼう》がまっすぐのびて、ひどく鮮やかなグリーンの目と顎鬚を生やした顔がちらりと見えた。カブリーヨがＤＥＡの動画で見た顔だった。

アレクサンドロス・カトラキス。

どういうことだ？

アレクサンドロスは、ティルトローター機に乗らなかったのだ。

アレクサンドロスは操舵機室に行こうとしているにちがいないと、カブリーヨは悟った。転舵によって〈キュベレー〉が回頭し、イズミルへの針路からそれたことに、アレクサンドロスは気づいたのだ。〈キュベレー〉をもとの針路に戻すには、アレクサンドロスはカブリーヨのそばを通らなければならない——そうはさせない。

突進を開始してから三歩目で、カブリーヨは片方の肩を下げ、アレクサンドロスに体当たりして倒した。カブリーヨが激突したとき、アレクサンドロスは驚きの声を発したが、衝撃を吸収して、力強い腕をカブリーヨの首に巻きつけ、引き倒した。ふたりいっしょに、甲板に勢いよくぶつかった。フラッシュライトが消えて、カブリーヨタクティカル・ライトは回転しながら甲板を滑っていき、ストロボのような閃光を発した。

両手が使えないカブリーヨは、上半身を引いたりねじったりして、アレクサンドロスの腕から逃れようとした。最悪なことに、相手は訓練を受けている戦士だった。アレクサンドロスの力強い両脚に体を挟まれ、右手首をつかもうとしているのがわかった——それは腕を折るための〝キムラ〟とも呼ばれる技、〝腕がらみ〟の序章だった。ブラジリアン柔術の達人に勝ったときに木村政彦が使ったことからそう呼ばれている。カブリーヨは、何年も柔術の稽古をやっていた。だが、いまのふたりは自分が最高だと自慢するために地元の道場で転げまわっているのではない。アレクサンドロスのギラギラ光る目に浮かぶ憎悪は、これが生死を懸けた戦いであることを示していた。しかも、痛めた右腕に引き裂かれているような激痛が走り、この戦いには勝てそうになかった。

体の下でアレクサンドロスの腰が横転するのを、カブリーヨは感じ取った。右腕を折る前に脱け出せないように押さえ込むために、カブリーヨの体を持ちあげ、反対の手をこじ入れる隙間《すきま》をこしらえようとしているのだ。カブリーヨは体をねじって抵抗したが、アレクサンドロスがすかさずそれに応じて逆に動いた。ふたりは闇のなかで蛇のように身をよじり、つかみ合った。甲板の傾斜が刻々と大きくなった。

　カブリーヨは、アレクサンドロスの技の一手先を読んでいたが、力尽きそうだった。左手と右腕が使えないので、死の罠《わな》を避けるのが精いっぱいだった。だが、力をこめるたびに弱っていた体力をすべて使わなければならず、相手を無力化することはおろか、押さえ込みから脱け出す力もなかった。肩からひろがる激痛で注意がおろそかになったために、アレクサンドロスが体をまわすのをとめられず、その動きでカブリーヨはアレクサンドロスの上に持ちあげられ、強力な両脚で右腕を極《き》められた。つぎは腕を小枝のように折られるはずだった。

　カブリーヨには、ひとつだけ手段があった。

　右脚は動かせる。カブリーヨは腰を軸にして体をまわし、右の踵をアレクサンドロスの股間《こかん》に突っ込み、骨盤隔膜がある場所に狙いを付けた。膝の切断箇所のすぐ下にある引き金がカチッと動くのがわかり、その直後に戦闘用義肢が反動で跳ね返った。非常用の一二番径散弾銃から、ダブルオー・バックショットが発射されたのだ。

　骨盤隔膜を鋼鉄の散弾九発に引き裂かれたアレクサンドロスのたましいが潰れそうな悲鳴が、通路に反響した。アレクサンドロスが手を離し、カブリーヨはあえぎながら転がって、小刻みに震えている相手の体からおりた。

アレクサンドロスの最期を見届けるつもりはなかった。哀れみも後悔もなかった。アレクサンドロス・カトラキスは、数百万人にもっと非道なことをやろうとしていた。こういう目に遭うのは身から出た錆だ。

カブリーヨは、よろよろと立ちあがり、タクティカル・ライトを見つけて、上の甲板を目指した。〈キュベレー〉は爆発寸前なので、オレゴン号を近づけるか、AWで救出を試みるような危険を冒すことはできない。甲板に障害物がなく、船尾の自由落下式の救命艇（救命艇の重みで、それを吊っている装置が舷側にふり出される仕組みになっている）まで行けることを願うしかない。

鋼鉄の階段の最初の一段を踏んだときに、エネルギーの最後の残りがなくなっていくのがわかった。長い昇りになる。もう一度デスマッチをやるのは無理だし、つぎの階段を昇るまで、体力がもつかどうかわからなかった。予想外の展開が待っていないことを、カブリーヨは祈った。

89

カブリーヨは、最後の階段をのろのろと昇って、ようやく踊り場に出た。船内の奥深くから出たので、モラーマイクで交信しようとしたが、まだ応答がなかった。鋼鉄の壁のなかにいるので、電波が届かないのだろう。

カブリーヨは、上甲板に出る水密戸に向かった。舷窓の一部がオレンジ色に輝いていた。厚いガラス越しに外が見えるところまで近づくと、水密戸から熱気が伝わってくるのがわかった。

ちらちら揺れる明かりは、燃え盛る炎の壁だった。気化したＬＮＧが、薄いガーゼ状に渦巻いて、舷窓の前を流れていた。

〈キュベレー〉は、いまにも爆発しそうだった。

ＡＷ６０９ティルトローター機のローターの轟音が、頭上で鳴り響いた。渦を巻いていたＬＮＧの霧が晴れて、炎がすこし後退した。

カブリーヨはマスクをはずし、ボンベをうしろの通路に投げ込んだ。全身火だるまになるのはごめんだった。舷窓から覗くと、ティルトローター機が甲板のわずか六メートル上でホヴァリングしていた。ゴメスが巨大なローターを使って炎を吹き払い、気化したLNGの密度が高くなって爆発を起こすのを妨げ、カブリーヨの通り道をこしらえていた。

炎に切れ目ができたので、カブリーヨは温かくなっている水密戸をあけた。手は痛みを受けとめているだけで、使い物にならない。水密戸を必死で通り、モラーマイクを使って叫んだ。

「ゴメス！　急いで遠ざかれ！」

応答を待ったが、なにも聞こえなかった。

マイクが壊れている。

ティルトローター機がカブリーヨから遠ざかったが、平行して飛んでいた。リアキャビンの乗降口があき、マクドが立っているのが見えた。〈キュベレー〉の火災が起こしている上昇気流のせいで、機体が偏揺《かたゆ》れし、不安定な姿勢になった。

カブリーヨは、前とうしろをさっと見た。炎が夜空高くのびて、カブリーヨをその場に閉じ込めていた。船尾へ行って救命艇に乗ることはできなくなった。唯一の頼みの綱はAWだが、これ以上接近したら、急に噴きあがる炎か、差し迫っている爆発によって墜落するだろう。

マクドがなにか叫び、両方の人差し指を耳に向けていることに、カブリーヨは気づいた。通信装置の故障を確認しているのだ。轟々と燃える火災が、ティルトローター機の機体全体をオレンジ色に染めていた。チームと連絡がとれないと、オレゴン号と乗組員全員を危険にさらすことになる。カトラキス親子との戦いで、通信装置がこわれたのだろうとカブリーヨは思っていた。だが、べつの可能性もある。

カブリーヨはすばやく胸の上を指でなぞり、首のタクティカル・ループ・アンテナと中継装置をつなぐコードをたしかめた。問題ない。つぎに、無線機に接続されているコードを調べた。はずれていた。防護服の下になんとか手を入れて、コードをつなぎ直した。汗がどっと噴き出していた。

「通信復旧」カブリーヨはいった。

「そこにいてください。ケーブルをおろします」ゴメスがいった。ＡＷで位置を保つのに、かなり苦労しているのがわかる。

「却下する――それに、もっと離れろ」

「その船からおりなきゃならないんですよ、ボス！」マクドがいった。

「会長を置いていけません」ゴメスがいった。

数秒後にゴメスがＡＷをすこし遠ざけ、咆哮する炎が突き進んで、カブリーヨのところに達しそうになった。カブリーヨの皮膚が熱気でひりひりした。ＬＮＧの燃焼温度は、ガソリンの三倍だ。

ゴメスがここを離れなかったら、三人とも死ぬ。

カブリーヨは、五メートル離れた手摺に向けて駆け出した。下を覗いた。灼熱地獄がうしろで荒れ狂い、背中に熱気を感じた。だが、眼下の冷たく暗いエーゲ海に炎はなく、カブリーヨを差し招いていた。

体に残っていた最後のアドレナリンをかき集めて、カブリーヨは手摺に登り、跳んだ。

おなじみの自由落下の感覚が、炎から逃れられた喜悦によって、いっそう強まった。これだけの高さだと、水面にかなり激しくぶつかるとわかっていたが、生きたまま焼かれるよりは、溺れるほうがましだった――どちらにせよ、甲板に置き去りにするのを拒んだティルトローター機の友人たちを死なせるよりずっといい。この落下を生き延びたら、安全なところまで泳ぎ、そこで吊りあげてもらえばいい。

水面を割るときの衝撃をできるだけ小さくするために、自分の体を鏃《やじり》の形にしようとして、カブリーヨは胸の前で腕を組み、ブーツの爪先《つまさき》を下に向けた。落ちる速度が増し、顔に当たる冷たい空気の流れが速くなった。恍惚《こうこつ》とするような感覚だった。

だが、突然、火柱が水面から炸裂し、その魔法は解けた。

カブリーヨは、炎が荒れ狂う大釜に、足から先に跳び込むところだった。

カブリーヨは、流線型の硬い物体になるように心がけて、燃えている水の壁に向けて突き進む大きな体を、意志の力で銛《もり》に変えようとした、体重と速度によって、水面のずっと下まで潜れば、生き延びる見込みはじゅうぶんにある。

かなりの高さから水面にぶつかることになるので、カブリーヨは深く息を吸い、苦痛に身構えた。両脚を鋼鉄の棒のように固くした——こういうときには、戦闘用義肢が長所を発揮する。水面を割ったときに脚や腕をひろげていたら、とんでもないことになりかねない。四肢の骨折、失神、溺死。最悪の場合は、水面に浮いたまま焼け死ぬ。

ブーツの爪先が水面に当たったとき、ゴメスが呼ぶのが通信装置から聞こえた。両脚をしっかり合わせていたが、厚さ一二・五ミリのベニヤ板を突き破ったような感じだった。そのナノ秒後に、体のあとの部分がつづいた——奇跡的に、腕は胸にぴたりとくっついていた。暗い海中に体が矢のように潜っていくとき、消火栓から噴き出す水のような勢いで、海水が顔に殺到した。

沈降速度が落ちはじめると、カブリーヨは上を見た。水中では交信できないのでようすがわからないが、オレンジ色の炎が水面だけで躍っているとわかって安心した。それよりも、灼けるように痛む肺が水圧で押され、空気が押し出されそうになっているのが厄介だった。息を吐き出したいのを、カブリーヨはこらえた。

六メートルほど潜ったところで、海底に向けて沈む勢いがなくなったので、水面を割った場所から遠ざかるために、カブリーヨは泳ぎはじめた。だが、高回転するモーターの聞き慣れた甲高い音が、カブリーヨの注意を惹いた。頭上でどんどん近づいている音のほうを向いた。見あげると、聞こえた——いや、感じた。AWのローターの吹きおろしが水面を叩き、差し渡し一二メートルの火がないところをこしらえていた。

ほとんど役に立たない両腕を脇に垂らしたままで、カブリーヨは水面に向けて強くキックした。火のない水面で旋回しているジェットスキーの見慣れた航跡《ウエーキ》が目にはいった。カブリーヨは、その方向を目指した。

カブリーヨの頭が水面から出ると同時に、ジェットスキーがかなりの速さでそばを通過した。カブリーヨは痛む肺から大きく息を吐き、深く息を吸った。AWのローターの吹きおろしが撒き散らす水滴が、顔に当たって痛かった。昼間のように明るいキセノンランプが上からカブリーヨを照らした。

ジェットスキーがその場で方向転換し、急いで近づいてきた。エディーがスロットルを操作し、ロープを持ったレイヴンがリアシートに乗っていた。エディーが一秒だけ速度を緩め、レイヴンが救難ハーネスでカブリーヨの体を固定すると、ジェットスキーはカブリーヨをルアーのように曳きながら、全速力でタンカーから遠ざかり、オレゴン号を目指した。ＡＷも機体を傾けて、前方をおなじ方向に向けて飛んでいった。

「そっちはどんなふう？」レイヴンが通信装置できいた。モラーマイクは防水だが、水上に出ないと機能しない。

「最高の気分だね。迎えにきてくれてありがとう」

カブリーヨは、うしろに遠ざかる炎上しているタンカーをじっと見守った。沈む前にいつまで燃えているのだろうと思った。

じきにそれがわかった。

〈キュベレー〉が、ひとつの大きな炎の塊と化した。

さいわい、マーフィーのレイルガンによってＬＮＧがかなり流れ出していたので、穴だらけの船体を引き裂いて自沈するだけの爆発力しか残っていなかった。カブリーヨとチームがオレゴン号の艇庫に着いたときには、〈キュベレー〉は、トルコ沿岸から何海里も離れたところで、気化したＬＮＧの霧に包まれ、なんの被害を引き起こすこともなく、波の下に沈んでいった。

90

イズミル

セドヴェト・バユールは、触発引き金《ヘアトリガー》に人差し指をかけるときに、呼吸を整えた。顔の手の形の火傷痕を、汗がひと粒流れ落ちた。

灰色狼に属する戦闘員のバユールは、街から遠く離れた山のてっぺんで木立に隠れ、はるか下の隠れ家を完璧な照準線に捉えていた。高性能の望遠照準器はすでにエレヴェーション・ノブとウィンデージ・ノブ（前者は弾着点の上下、後者は左右を調節する）を調節してあり、サプレッサー付きのセミオートマティック・ライフルの弾倉には、火薬を自分で調整した弾薬がこめてある。折れた左腕を三角巾《さんかくきん》で吊っているので、ライフルの準備にいつもより時間がかかったが、射撃の準備は整った。

こういう状況でターゲットを仕損じたことは、一度もない。

今回のターゲットはふたりだ。

そのふたり――メリハ・オズテュルクと邪魔者のアメリカ人戦闘員を、バユールは視界に収めていた。大きなガラス窓の奥で、ふたりはテーブルに向かって座り、しゃべったり、笑ったりしながら、ワインを飲んでいる。

それも、もう長くはつづけられない。

リビアでヘリコプターが墜落した日から、あのふたりを見ていなかったが、バユールのふたりへの憎悪は激しくなるばかりだった。完全な敗北を喫し、足をひきずりながら戦場をあとにしたときから。自分を打ち負かしたファン・カブリーヨに復讐すると誓った。カブリーヨを殺せば、バユールは敗北の汚点を拭い去ることができる。来月の父親の公判で証言するのを防ぐために、メリハ・オズテュルクも殺さなければならない。

なによりも重大なのは、一族の名誉が危ういことだった。殺戮《さつりく》だけが、名誉を確保する手段だった。

照準器の十字線をまずアメリカ人に合わせたのは、彼が熟練の戦闘員で、メリハ・オズテュルクの脳みそがテーブルにぶちまけられたら、すぐに身を隠すはずだったからだ。

女は、友人――おそらく愛人――の死でパニックを起こして、凍り付くはずだ。ふたり目の撃ちやすいターゲットになる。

バユールの脈が、ほとんどわからないくらい静かな呼吸とおなじように、ゆっくりになった。脈と呼吸が一致するのを待ち、バユールは引き金に触れた。

弾丸が発射されたとき、ライフルがかすかに跳ねあがり、アメリカ人の頭があるところで、弾丸が窓ガラスを貫いた。

なにも起こらない。

カブリーヨはひるみもしない。

ありえない。

バユールはもう一発放ったが、カブリーヨはしゃべり、笑っていた。バユールは女に狙いをずらし、上半身めがけて二発を放った。

なにも起こらない。

うしろでヘリコプターのブレードの音が大きくなった。バユールが転がって見あげたとき、トルコ軍特殊部隊の兵士六人が、ファストロープ降下で地上におりてきた。バユールは撃とうとしてライフルを構えたが、頭に拳銃の銃口を押しつけられ、撃つのをやめた。

「その棒切れを捨てろ、友よ」

バユールは、手からライフルを落とした。頭が混乱していた。大男のアメリカ人は、亡霊のようにどこからともなく現われた。

トルコ軍の特殊部隊員たちが、バユールにサブマシンガンの狙いをつけて突進してきた。

バユールがふりむき、銃身の向こうでにやにや笑っているカブリーヨの顔を見あげた。

「わけがわからない」

「ホログラフィーだ」カブリーヨは、拳銃で隠れ家の窓を示した。レーザー合成のカブリーヨとメリハが、いまもおしゃべりをして、笑い、ワインを飲んでいる。「おまえが最初の一発を放ったときに、わたしの部下が三角測量でこの位置を突きとめた。おまえがこの山のどこかにいることはわかっていた」

「女は？」

「父親といっしょに家にいて無事だ。おまえのおかげではないがね」

トルコ軍の兵士たちが、バユールの首をつかんで手荒く立たせ、ホヴァリングしているヘリコプターのほうへ引きたてていった。

カブリーヨは、トルコ兵たちがバユールの体をハーネスで縛るのを見守り、バユールを捕らえてほしいというメリハの約束を果たしたことに満足した。バユールが看守たちの残忍な仕打ちを受けることはわかり切っていたが、メリハは復讐を望んでいたのではなかった。父親が令名を完全に回復し、民主的な改革をまず軍部から開始するという先ごろの約束をユスフ・トプラク大統領が護るように仕向けるには、バユールの証言が必要だった。

意気揚々と山を下って隠れ家に行くとき、メリハはすばらしい女性だと、カブリーヨは思った。朗報を知らせるために携帯電話の電源を入れた。ようやく画面が明るくなると、エリック・ストーンから単語ふたつのメールが届いていた。

彼を見つけた《ファウンド・ヒム》。

どういう意味か、カブリーヨは明確に知っていた。

出動のときが来た。

91

六日後
メキシコ湾

ビクトル・エレーラの豪華ヨットは、ベラクルスの二海里沖で錨泊していた。ビクトルは、船尾の甲板でチーク材のテーブルに携帯制御ステーションを置いて座っていた。元兵士の殺し屋を満載したスピードボート数艘が、ヨットの周囲で大きな円を描いてパトロールし、水中カメラで水面下の脅威を探しつづけ、レーダーで空に目を配りつづけていた。根城《コンパウンド》にいるよりも、ここのほうが安全だった。

ビクトルの警護主任で副指揮官のラド・サスエタが、コンピューターの画面を見つめながら、うしろに佇《たたず》んでいた。若いドローン操縦士が、カルテルの残忍なボスのビクトルの向かいに立っていた。メキシコ国立自治大学《UNAM》の工学部の学生だったその若者は、退学してビクトルの常勤ドローン暗殺者になることで、父親のギャンブルの負債を帳消しにしてもらった。一時間前から彼は、中国製の新型ドローンの操縦法を、辛抱強くボスに教えていた。ハコビアンが死んだので、トルコからドローンを調達できなくなったのだ。

「どのみち、中国製のシステムのほうがずっといいんです」むら気なボスをなだめるために、若いドローン操縦士はいった。

ビクトルは、目標指定ソフトウェアに写真をアップロードした。ターゲットは、ベラクルス警察の警部だった。買収に応じない手強い法執行官で、ビクトルのメキシコ湾での作戦に損害をあたえた。それは、自分の死刑執行令状に署名したのとおなじことだった。

ビクトルはつぎに、警部がいる警察署と通りを挟んで向かいにあるビルの屋上に据え付けたカメラの画像を呼び出した。その生動画は、デスクで仕事をしているバルデス警部を、角にあるオフィスの大きな窓越しに捉えていた。楽なターゲットだ。

ビクトルは手順を憶えるのが早かった。三つ目のウィンドウを画面に出して、地図上の警察署をダブルタップした。そこのGPS座標が、瞬時にドローンの航法システムにアップロードされた。

「それでターゲット認識手順は完了です」ドローン操縦士がいった。「カミカゼ・ドローンのソフトウェアがこの男を探して、殺します」

「C‐4爆薬二キロで片付く」サスエタがいった。「爆発で死ななくても、あの防弾ガラスがやつを豚肉のホロホロ煮《カルニタス》みたいに細切《こまぎ》れにする」

「それで、つぎは？」ビクトルが、ドローン操縦士にきいた。

顎鬚を生やしていない若い操縦士が、キーボードを指差した。

「発進準備はできています。その攻撃開始キーにタッチすれば、あとは自動化システムがやってくれます。推定飛行時間は七分です。殺すまでずっとカメラで見られます」

ビクトルは、デスクに向かっている警部の動画を見て、含み笑いをした。まもなく死ぬことを、警部は知る由もない。

「祈るがいい、くそったれ警部」

「用意はいいですか《リスト》？」操縦士がきいた。

「いいとも」

ビクトルは、攻撃開始キーを押した。

ブレード八枚がすぐさま回転し、ドローンが甲板から離昇した。目標指定画像のなかでバルデス警部の写真がちらりと揺れたように見えた。

ドローンが、高度二〇〇フィートまで垂直に上昇し、そこで停止した。

ビクトルは、怪訝な顔でドローン操縦士を見た。操縦士が言葉を発する前に、ドローンがヨットめがけて降下を開始した。

オレゴン号

ファン・カブリーヨは、カーク船長の椅子に座り、壁のモニター二台を見つめていた。

一台目のモニターには、高度五〇〇〇フィートを周回している無人偵察機からの生動画が表示されていた。

二台目には、ビクトルの頭上一〇〇フィートでホヴァリングしているドローンが送ってくる生動画が映っていた。

二台のモニターは、ビクトルのヨットをそれぞれ異なる視点から映していた。

あっというまの出来事だった。

ドローンのカメラが急降下し、上を向いて悲鳴をあげているビクトル・エレーラの顔に激突した。

数秒後、上空からの動画に、爆発して火の玉と化したヨットが映し出された。パトロールしていたスピードボート数艘が、燃えている残骸に向けて突進したが、生存者はいなかった。

マーフィーが、中国製ドローンのシステムにハッキングで侵入し、マウスの単純なドラッグ&ドロップで、バルデス警部の写真をビクトル・エレーラの写真とすり替えたのだ。

中国製ドローンは、あらたなターゲットを受け入れ、ビクトルを瞬時に捕捉して、任務を完了するためにGPSの指示を無効にした。すばらしいソフトウェアが、完璧な殺しを成し遂げた。

マーフィーのいうとおりだ。中国製ドローンは優れている。

エディー、レイヴン、マクドは、そのほかの乗組員とともにブリッジに集まって、一部始終を眺めていた。

「トムのためだな」マックスがいった。

カブリーヨはうなずいた。「トムのためだ」

カブリーヨは、燃えるヨットを見ながら、椅子に座り直した。

ビクトル・エレーラを殺しても、トム・レイズは生き返らないが、復讐を果たすことはできた。トムはビクトルにドローンで殺された。ビクトルはおなじ悲運に遭ってしかるべきだ。

オーヴァーホルトは不愉快に思うかもしれないが、理解してくれるはずだ。それに、結局は感謝するだろう。

「会長、ボルティモアからビデオ電話です」ハリが報告した。

「ジョンズ・ホプキンス病院か？」

「それが、プラスキー・ハイウェイのハーレー・ダビッドソンのディーラーが映ってます」

ビデオ画面に、ショールームのバイクにまたがっているリンクの等身大よりも大きい動画が現われた。全員が、信じられないという顔で、それを見つめた。

「リンク！」カブリーヨはびっくりして叫びそうになった。元海軍ＳＥＡＬのリンクは病院の患者服の上に革ジャケットを着て、ブーツをはいていた。

「会長、新型のソフテイルが入荷しました。会長がいつもいってたパタゴニア沿岸を走るのに、おあつらえ向きのバイクですよ」

「目は治ったのか？」

リンクが、メガワット級の笑みをカメラに向けた。「一時的に視力を失っただけでした。ちょっと休んだだけで、すべて元どおりになりました。それどころか、視力は最高です。まだクビになってませんよね？」

ブリッジの乗組員が、戦友のために大歓声をあげた。

カブリーヨは、感激をこらえて、ただ首をふった。リンクが視力をいくらかでも取り戻すのを願ってはいたが、完全に回復するとは思っていなかった。リンクがオレゴン号に戻ってくるというのは予想外だったし、なによりの贈り物だった。

「で、どうですか?」リンクがきいた。「つぎの仕事の前に、すこしバイクで旅行するひまはありますか?」

「あるとも」有頂天になってにこにこ笑いながら、カブリーヨはいった。「前方の道はすべてわたしたちのものだ」

訳者あとがき

生まれ変わったオレゴン号がふたたび活躍する『地獄の焼き討ち船を撃沈せよ!』(*Hellburner* 2022)をお届けする。ファン・カブリーヨが率いる〈コーポレーション〉の面々は、CIAの連絡担当でカブリーヨの師でもあったラングストン・オーヴァーホルトの意を受けて、毒性の強い麻薬を製造しているメキシコのカルテルと、〝パイプライン〟と呼ばれる密輸組織を相手に戦う。

パイプラインは、麻薬や武器の密売だけではなく、人身売買も行なっている悪辣な組織だが、何者が支配しているのか、よくわかっていなかった。カブリーヨは、オーヴァーホルトに引き合わされたトルコのジャーナリストで人権運動家のメリハ・オズテュルクと協力し、かすかな手がかりを追って、パイプラインの入口があると思われるリビアに赴く。

カダフィ政権崩壊後のリビアでは、ロシア人の顧問が指揮する反政府勢力と、元トルコ軍将校が指揮するISIS傭兵部隊が、激しく戦っていた。カブリーヨのチームは、パイプラインの秘密航空基地を発見し、急襲した。そこに囚われていた人身売買の被害者の女たちを救出したあと、カブリーヨと元ＳＥＡＬ隊員のリンクは、つぎの手がかりを調べるために、メリハに教えられた海岸近くの村を目指す。村には、ロシア人とともに全滅した反政府勢力の戦闘員の死体が散乱していた。カブリーヨたちは、彼らに対して使用された恐るべき秘密兵器で攻撃される。

パイプラインの創設者たちの胸には、古代からのギリシャとトルコの闘争や、オスマン帝国によるアルメニア人虐殺への遺恨が根強く残っていた。彼らは復讐を果たすためにロシアの終末兵器を手に入れる。さらにもうひとつ、奥の手を用意していた。それはたんなる復讐ではなく、莫大な富を手に入れるための陰謀でもあった……。

新オレゴン号は、前にも増して兵装が充実している。レイルガンは超音速の発射体によってトマホーク・ミサイルなみの破壊力を発揮する。ロシア製のＣＩＷＳ（近接防御システム）カシュタン・コンバット・モジュールは、六銃身の機関砲二門にくわえ、対空ミサイル発射機を備えている。今回はさらに電磁パルス《ＥＭＰ》を用いる戦術兵器が実験的に使われて、大きな効果をあげる。いまは電子機器が至るところにあるので、それを使用不能もしくは破壊するＥＭＰ兵器が重要度を増している。

しかし、オレゴン号の最大の強みは、優秀な人材がそろっていることだ。機関長マックス・ハンリー、作戦部長リンダ・ロス、操船の達人エリック・ストーン、兵器開発と使用の天才マーク・マーフィー、陸上作戦部長エディー・セン、作戦部の強力な戦闘員の〝リンク〟、〝マクド〟、レイヴン、ヘリコプターとティルトローター機とドローンを操縦する名人〝ゴメス〟、最高医務責任者ジュリア・ハックスリー、ハリ・カシム通信部長、年齢不詳の司厨主任モーリスなど、いつものメンバーに、今回は火器主任マイク・ラヴィン、長距離砂漠パトロールの経験が豊富な元CIA軍補助工作員で、上級火器係のビル・マクドナルド、生物物理学研究所室長のエリック・リトルトン博士がくわわった。〝新人〟の活躍は今後も期待できるだろう。

今回は趣向が盛りだくさんなので、すこし長くなっているが、その分、いっそう楽しんでいただけるものと確信している。

二〇二三年三月

◉訳者紹介　**伏見威蕃**（ふしみ いわん）
翻訳家。早稲田大学商学部卒。訳書に、カッスラー『亡国の戦闘艦〈マローダー〉を撃破せよ！』、クランシー『ブラック・ワスプ出動指令』（以上、扶桑社ミステリー）、グリーニー『暗殺者の回想』（早川書房）、『国際秩序』（日経ビジネス人文庫）他。

地獄の焼き討ち船を撃沈せよ!（下）

発行日　2023年5月10日　初版第1刷発行

著　者　クライブ・カッスラー&マイク・メイデン
訳　者　伏見威蕃

発行者　小池英彦
発行所　株式会社 扶桑社
〒105-8070
東京都港区芝浦1-1-1　浜松町ビルディング
電話　03-6368-8870（編集）
　　　03-6368-8891（郵便室）
www.fusosha.co.jp

印刷・製本　図書印刷株式会社

ISBN 978-4-594-09482-9　C0197